Die Deutsche Nationalbibliothek verzeichnet diese Publikation in der Deutschen Nationalbibliografie; detaillierte bibliografische Daten sind im Internet über www.dnb.de abrufbar.

Deutsche Erstausgabe 2013
Copyright: Kirsten Kohl
ISBN: 9783732246366
Herstellung und Verlag: BoD – Books on Demand, Norderstedt

Ein Hund fürs Glück

Kurzgeschichten

Von Kirsten Kohl

Buch

Dieses Buch erzählt wieder die kleinen authentischen Kurzgeschichten eines sechsjährigen sehr charmanten Australian Shepherd Rüden namens Ruby.

Ruby erzählt über die bunte Welt aus seiner Sicht, humorvoll, selbstironisch und zum Schmunzeln komisch.

Mit einer großen Portion Humor von Hund und Halterin über ein liebevolles und partnerschaftliches Miteinander und dem klaren Blick für das Wesentliche eines turbulenten und lustigen Hundelebens. Man sollte die liebenswürdigen Macken seines Hundes nicht immer zu ernst nehmen, denn die machen einen Hund ja einzigartig und liebenswürdig und wir lieben unseren Hund ja auch, weil er genauso ist, wie er ist.

Autorin

Kirsten Kohl ist in Hamburg geboren und aufgewachsen, ist gelernte Kosmetikerin, psychologische Beraterin und Tiertherapeutin.

Nach ihren drei Büchern:
„Mein kleiner Rackerdoll - Eine Liebe auf 4 Pfoten"
„Rubys Welt-Ein Hund zum Verlieben"
„Vier Jahreszeiten mit Ruby, Sommer, Sonne, Strand und Mee(h)r,"
 ist jetzt das vierte Buch erschienen:
" Ein Hund fürs Glück"

Sie lebt glücklich und zufrieden mit ihrer Mutter, den Katzen, Hasen und ihrer Fellnase Ruby in der Nähe von Grömitz an der Ostsee.

Inhaltsverzeichnis

1. Willkommen in Rubys kunterbunter Welt	8
2. Mein bester Freund und Hund	13
3. Ist Ruby ein Stadthund oder doch mehr das Landei?	14
4. Traumdeuter Ruby	17
5. Haben Sie zufällig auch einen Hund zu Hause, der sich auch wie einer benimmt?	19
6. Ihr Hund ein ganzer Kerl?	22
7. Die Charakterbeschreibung meines Aussies namens Ruby	24
8. Mein Hund hat zwei Ohren	26
9. Strand, wir kommen	27
10. Mein Hund hat eine Oma wie schön, Ihrer auch?	29
11. Wer hat schon wieder an der Uhr gedreht?	32
12. Schnarchnase Ruby	33
13. Danke Ruby, das hast du ja super gemacht	36
14. Get the perfekt Look	38
15. Darf ich vorstellen, mein ganz persönlicher Tagesablauf	40
16. Ein Wintermärchen	45
17. Ist Ruby schon im Winterschlaf?	48
18. Wäre Ruby Felldamen-WG tauglich?	49
19. Eine Hommage an Ruby	51
20. Wäre ich ein Hund ohne Halter, dann wäre ich vielleicht	57
21. Katzen sind doof	58
22. Ich bin der Größte, alle anderen sind doch Dilettanten	60
23. Ruby sucht die passende Felldame, aber wie soll sie aussehen?	63

24. Ruby, wir müssen reden	64
25. Was bewirkt eine gute Mensch-Hund Beziehung?	66
26. Ohne Würstchen kein richtiges Abendmahl?	69
27. Wer ist hier der Boss?	71
28. Mein Glück heißt Ruby	73
29. Ruby der Jäger im Pelzmantel	76
30. Dinge, die Ruby von alleine konnte	77
31. Ein Hund wie ich, der kann fast alles	78
32. Darf ich bitten?	79
33. Fräulein Smilla	81
34. Mein Amor auf 4 Pfoten	85
35. Der perfekte Hund	87
36. Auch ältere Hunde brauchen eine Chance	89
37. Was mir persönlich sehr am Herzen liegt	91
38. Mein Aussie der ist lustig, mein Aussie der ist schlau	93
39. Zwangshandlungen	94
40. Rubys kleine Märchenstunde und sein Personal auf zwei Beinen	95
41. Mein Name ist Ruby, Ruby K …	100
42. Wo bitte geht es hier nach Hollywood?	101
43. Ist Ruby schon etwas senil	103
44. Enny & Ruby	105
45. Die Abwechslung macht's	110
46. Ein Sommer-Eis für Ruby	113
47. Leckeres aus Rubys Backstube	114
48. Tiermalerin Monika Buchholz	115
52. Buchvorstellungen	116

Mit diesem Buch möchte ich mich bei meiner Mutter bedanken, die uns immer wieder unterstützt und mit guten Ideen stets zur Seite steht.

Bei meinen vier Katzen, Kaninchen und in Memoriam an meine Kaninchen Speedy und Bonny.

Einen besonderen Dank auch an meine liebevolle Fellnase Ruby, der mich durch seine lustige und liebenswerte Art erst auf die Idee gebracht hat, über ihn authentische Geschichten zum Schmökern und Schmunzeln auf zu schreiben.

Bei meinen lieben Freunden für die nette Freundschaft, die wir mit unseren Hunden führen, Danke.

„Die lustigsten Geschichten schreibt eben doch das Leben, auch bei unseren Hunden.

Ich wünsche unseren Lesern viel Spaß beim Schmunzeln in Rubys kunterbunten, zauberhaften Welt."

*„Unter hundert Menschen
liebe ich nur einen,
unter hundert Hunden
neunundneunzig"*
Marie Freifrau von Ebner-Eschenbach

Willkommen in Rubys kunterbunter Welt.

Darf ich vorstellen, Rubys kleines Rasseportrait im Überblick. Frauchen sagt ich bin der Porsche unter den Hunden, Oma Katze also Frauchens Mutter lacht und meint, dann ist ihre Katze Pünktchen jetzt ein Mercedes!

Ich bin ein amerikanischer Traum, obwohl ich persönlich noch nie dagewesen bin. Ich bin ein sehr vielseitig einsetzbarer Arbeitshund, sehr selbstständig, und mein Wille zu gefallen ist enorm. Wenn ich nicht genug Beschäftigung bekomme, suche ich mir selber welche. Sehr gern mache ich lange Spaziergänge im Wald, am Strand, im Feld und in den Dünen. Auch bade ich für mein Leben gern. Ich bin ein Schwimmhund und das Wasser ist mein Element. Das ideale Zuhause für einen Australian Shepherd liegt auf dem Land oder in einer Vorstadt mit einem großen und sicher eingezäunten Grundstück. Der Aussie ist kein Hund für ein Appartement in der Stadt. Er braucht den ständigen Kontakt zu seinen Menschen, auch dann, wenn es einmal unbequem ist. Als erwachsener Hund kann man ihn auch mal für vier, fünf Stunden alleine lassen. Anschließend muss für ihn aber etwas ganz Schönes passieren, etwas, für das sich das lange Warten für ihn gelohnt hat.

Ich bin ein absoluter Familienhund und möchte überall dabei sein. Ich lerne sehr schnell und das macht mir auch großen Spaß. Ich helfe Frauchen bei der Wäsche, also ich sortiere sie und schleudere sie ihr vor die Füße. Meistens nehme ich gleich zwei Teile aus dem Wäschekorb, dann brauche ich nicht so oft zu laufen. Selbstverständlich mache ich das auch nicht umsonst, denn es gibt zwischendurch auch immer ganz viel Lob und kleine Leckerlis für mich. Ich hole täglich die Zeitungen vom Nachbar und trage sie selbstverständlich immer selbst in unser trautes Heim. Ich gehe sehr gern zum Hundesport, Agility oder Fly- Ball finde ich richtig klasse.

Viele Halter glauben immer noch das für diese Rasse täglich drei Stunden am Fahrrad laufen die optimale Auslastung ist und züchten sich so einen völlig überdrehten Hund ran, dem sie später nur noch schwer gerecht werden können. Alles in Maßen, vor allem spielt die Abwechslung eine sehr große Rolle, um den Hund wirklich das zu geben, was er braucht. Immer die gleichen Wege und Spiele sind für die intelligente Rasse schnell langweilig und sie verlieren die Lust daran, das soll nicht sein.

Was aber nicht heißen soll, dass der Aussie täglich das volle Programm braucht und immer Aktion haben muss. Auch diese Rasse braucht wie jeder andere Hund auch, viel Ruhe zum Dösen und einen Ort, wo er sich mal zurückziehen und entspannen kann, damit er ausgeglichen und glücklich ist. Auch das Spielen mit seinen Freunden braucht er wie jede andere Rasse auch.

Der Australian Shepherd wird auch gerne im Rettungsdienst oder als Therapiehund eingesetzt.

Er braucht einen ruhigen und konsequenten Halter, der viel Spaß daran hat, oft mit dem Hund zu spielen und viel zu unternehmen und den Hund als volles Familienmitglied anerkennt. Er ist sehr sensibel und möchte immer alles richtig machen.

Ein Energiebündel mit Hirn, Herz und Humor und der beste Hund, den man sich wünschen kann. Ich werde gern viel gelobt und zeige auch meine Freude darüber und danke es mit großer Zuverlässigkeit und Treue. Für meinen Halter möchte ich immer der Mittelpunkt des Lebens sein, der beste Freund, für den ich bereit bin, alles zu tun.

Die Geschichte des Australian Shepherd ist lang. Wer sich einen anschaffen möchte, sollte sich vorher genauestens über die Rasse informieren, damit der Hund nicht später im Tierheim abgegeben werden muss, weil der Halter mit falschen Voraussetzungen an die Rasse ran gegangen ist.

Es gibt wirklich tolle Fachbücher über den Australian Shepherd im Buchhandel und sollten unbedingt vor der Anschaffung gelesen werden, dann steht einer tollen und bedingungslosen Freundschaft nichts mehr im Wege.

Ruby 10 Wochen alt

„Ein guter Hund stirbt nie,
er bleibt immer gegenwärtig.
Er wandert neben Dir an kühlen
Herbsttagen, wenn der Frost über die
Felder streift und der Winter näher
kommt, sein Kopf liegt zärtlich in
Deiner Hand, wie in alten Zeiten."
Mary Carolyn Davies

Mein bester Freund und Hund

Ruby, du bist nicht nur ein Hund für mich, du bist für mich auch mein bester und treuester Freund.

Dein Herz ist riesengroß und du hast mir einen Platz darin geschenkt.

Dein Fell ist weich und kuschelig, und ich darf es täglich streicheln.

Dein niedlicher Gesichtsausdruck zaubert mir schon am frühen Morgen ein Lächeln ins Gesicht.

Dein Lachen geht einmal ums ganze Gesicht, wenn du was zum Lachen hast.

Deine Pfoten sind groß und stark und du begleitest mich auf allen Wegen, bei jedem Wind, Wetter, Schnee und auch bei Regen.

Deine Intelligenz lässt mich oft schmunzeln, denn du weißt schon sehr oft vor mir, was wir gleich machen werden.

Du passt immer auf mich auf und bist immer für mich da und dafür möchte ich mich auch mal bei dir bedanken Ruby.

So eine tolle Freundschaft ist nicht immer selbstverständlich!

Ich danke dir Ruby, denn ohne dich wäre ich bestimmt nicht so glücklich und zufrieden. Du hast mir gezeigt, wie wichtig viele andere Dinge im Leben sind und das ist unsere Freundschaft!

Ist Ruby ein Stadthund oder doch mehr das Landei?

Da ich in Hamburg geboren und aufgewachsen bin und sehr gerne wieder einen Hund haben wollte, beschloss ich, wenn einen Hund, dann nur, wenn ich mit meinem Hund auf dem Land leben kann.

Ruby ist kein Stadthund und hat das wilde Leben einer Großstadt auch nie richtig kennengelernt. Ich bin kurz bevor Ruby zu mir kam schon an die Ostseeküste gezogen, denn mein Hund sollte es richtig gut haben und am Wasser aufwachsen, denn Wasser liebte er schon als kleiner Welpe.

Was dann aber noch fehlte, war ein Hund, und zwar mein Hund, den ich mir ja schon einige Wochen bevor er bei mir eingezogen ist, bei seinem Züchter ausgesucht hatte.

Ich hatte mich auf den ersten Blick verliebt, denn Ruby der eigentlich Lasse hieß, war der frechste Herzensbrecher mit dem Charme einer unbeschreibbaren Ausstrahlung, den ich bis zu diesem Zeitpunkt kennengelernt hatte und ich hatte vor Ruby auch schon tolle Hunde.

Ruby wuchs in der Nähe von Hamburg auf und war schon als Welpe im Feld, Wald und Flur unterwegs und versuchte schon als kleiner Stöpsel seinen Geschwistern mit seiner frechen Art den Rang abzulaufen und sich alles unter die kleinen Monsterpfoten zu reißen, bevor es ein anderer tat. Das faszinierte mich so sehr, dass ich dachte, das passt und was nicht passt, das bekommen wir dann auch noch hin.

Ruby brachte nicht nur die schmutzigen Blumenkübel ins Haus seiner Züchterin, sonder er versuchte sich auch schon als großer Schwimmer im Gartenteich. Ruby manipulierte den Zaun solange, bis er es schaffte, in den Teich zu kommen, um zu baden. Bevor Ruby zu mir kam, musste ja noch so allerhand angeschafft werden, was ein Hund nicht wirklich braucht aber besorgt werden musste.

Also machte ich die Tierhandlungen in meiner Gegend unsicher und kaufte alles, was mir gefiel, und ich glaubte, dass mein Hundebaby das sicher haben muss.

Als Erstes besorgte ich ein rotes Hundegeschirr für meinen Welpen denn seins war blau, und ich wollte ein rotes, weil es sehr hübsch zu seinem schwarzen Fellmantel passte. Ein Halsband mit niedlichen Hundewelpen drauf und die passende Leine auch gleich dazu.

Einen riesigen Korb, als hätte ich mir einen Wolfshund ausgesucht und dazu eine superweiche Babyfell Einlage mit Hundemotiven drauf. Das alles schmückte jetzt unser Schlafzimmer, zum Leidwesen von Ruby, denn der bevorzugte immer schon das Bett und nicht seinen Korb.

Dann besorgte ich noch ein großes Kopfkissen und eine Bettdecke für seinen Platz im Wohnzimmer. Darauf legte Ruby aber keinen großen Wert denn er hing ja lieber auf dem Sofa ab, als auf dem harten Holzboden.

Dann brauchte mein Hundekind ja noch einen verstellbaren Napf, damit er sich beim Fressen ja nicht noch den Hals verrenken muss und allerhand Spielzeug, was kein Hund wirklich braucht.

Es sah es bei mir aus, als wenn ich mir keinen Hund angeschafft hätte, sonder in einer Kindertagestätte leben würde. Mir gefiel es und mein Herz sagte mir, das wird dem kleinen Racker sicher auch gefallen, wenn er die heimische Hochburg der Ostseeküste erklimmt.

Dann besorgte ich noch einen Kamm und eine Bürste aber auch darauf hätte mein Hund sicher gerne verzichtet. Anfangs war er gar nicht wieder zu finden, wenn ich die Schublade geöffnet hatte, wo sich diese fiesen Folterwerkzeuge befanden. Mein Hundekind hatte sich dann hinter dem Sofa oder es sich heimlich unter dem großen Esstisch gemütlich gemacht, in der Hoffnung, ich würde ihn nie mehr wieder finden.

Kaum Pelzbezug am Körper, aber schon die Haare ausreißen, schien mein Hund zu denken und war nicht sonderlich erfreut darüber, was sich aber mit der Zeit gegeben hat. Denn jetzt stört es ihn nicht mehr und es gibt ja auch immer eine tolle Belohnung danach.

Was mein Hundekind aber wirklich brauchte, war ein Bärchen, das die Größe eines Kleinkindes hatte was nicht so leicht zu finden war aber das Suchen hatte sich gelohnt. Nach langem Suchen wurde ich fündig und ich wusste nicht, wer sich mehr darüber gefreut hat, ich oder mein Hund. Ruby hat das Bärchen so geliebt und legte sein kleines Köpfchen drauf und ist beim Kuscheln darauf eingeschlafen. Ich frage mich oft, wie viele Stoff und Kuscheltiere ich bis jetzt wohl schon angeschafft habe, aber seine Liebe zu Plüschtieren wird glaube ich nie ganz vergehen. Das liebe ich so an meinem Hund und so einiges aus Welpentagen gibt es sogar immer noch in seiner Spiel- und Rumpelkiste und wird immer wieder mal rausgeholt, um damit zu spielen.

Traumdeuter Ruby.

Es ist Viertel nach vier als ich durch die Laute und das Zappeln meines schlafenden Hundes geweckt wurde. Ruby schlug wie wild um sich als würde er im Boxring stehen. Das Jaulen ließ mich auch nur erahnen, dass mein Hund im Hütetrieb feststeckte und mit einer wilden Herde Schafe beschäftigt war. Die Zähne klapperten und das Grinsen war unverkennbar, denn so lächelt mein Hund nur, wenn er richtig Spaß hat. Seine Rute schlug kräftig hin und her, Ruby war im Arbeitsfieber.

Endlich wieder eingeschlafen spürte ich kurz darauf wie eine nasse und kalte Nase an meinem Ohrläppchen sabberte und ich vor lauter Schreck aus meinem schönsten Traum gerissen wurde.

Ein freundliches Hundewesen namens Ruby, flötete mir eine Melodie ins Ohr, die ich so noch gar nicht kannte.

Nach einer sehr stürmischen Begrüßung drehte ich mich noch mal eine Runde auf die andere Seite und wollte mich meinem schönen Traum weiter hingeben. Aber nichts, Ruby wollte nicht, dass ich wieder nach New York zum Shoppen fliege, wie egoistisch er immer ist.

Dabei hatte ich schon so einige tolle Einkaufstüten an meinem Handgelenk hängen und auch die heißbegehrte City-Bag-Handtasche schmückte meinen linken Arm, als mein Hund in den höchsten Tönen anfing zu singen, was immer lauter und eindringlicher wurde, es schien wirklich sehr dringend zu sein.

Ich drehte mich um, setze mich hin und sah ihn an. Nase an Nase saßen wir uns gegenüber und seine Blicke sagten mir, dass er sehr, sehr schnell etwas erledigen musste und gleich platzen würde, wenn ich nicht sofort die Beine in die Hand nehmen würde, um meinen leidenden Kaniden auszuführen.

Also schmiss ich mich in Windeseile in meinen Hausanzug und sah aus wie der explodierte Wahnsinn. Das nützte aber nichts, mein Hund musste los, und zwar sofort, das war Ruby doch völlig egal, wie ich aussah.

Da konnte er nicht warten bis Frauchen sich erst noch restauriert hatte.

Also schlenderten wir die Dorfstrasse auf und ab in der Hoffnung, niemanden zu treffen, den wir kennen.

Gleich der erste große Baum sollte es sein und es dauerte wirklich geschlagene fünf Minuten, bis sich seine volle Blase so langsam anfing zu entleeren. Das war wirklich sehr dringend.

Ruby hatte mir diesmal nicht umsonst die Ohren voll geflötet, weil er zu der neuen Felldame im Ort wollte, die hier zugezogen ist, um sich mal bei ihr vorzustellen, und das mitten in der Nacht.

Als Ruby dann endlich fertig war, hatte er sich so darüber gefreut, er ist total ausgeflippt, so eine Entlastung war das Pippi machen für ihn und seine Blase, die wohl fast geplatzt wäre.

Lieber Ruby, vielleicht könntest du beim nächsten Mal etwas früher Bescheid sagen, bevor es dich fast zerreißt. Also immer schön hin hören, wenn Ihr Hund ihnen mal etwas vor flötet und Nase an Nase ganz dicht vor Ihrem Bett steht, es könnte wirklich etwas Wichtiges sein. Nicht umsonst steht Ruby um diese Uhrzeit vor mir, denn er ist ein Langschläfer und steht sicher nicht umsonst mitten in der Nacht auf und das nur, um mir etwas vorzusingen.

Haben Sie zufällig einen Hund zu Hause, der sich wie einer benimmt?

Einen mit vier Beinen und einer Rute, die wie wild um sich schlägt, wenn Sie nach zehn Minuten Abwesenheit wieder das Zimmer betreten?

Der zum sabbernden Lappen mutiert, wenn er mal mit an Ihrem Frühstückstisch sitzen darf?

Der noch gebeten werden möchte, wenn Sie ihn schon den Platz auf Ihrem Sofa anbieten und der am heimischen Hundestrand zum absoluten Strandchecker wird und keine anderen männlichen Kollegen duldet, weil er meint, der einzige Rüde mit Recht auf Fortpflanzung zu sein?

Der keinen seiner Freunde im Garten haben möchte, weil er die Eifersucht in Hundeperson ist?

Dessen Fell in der Sonne so glänzt, dass jeder glaubt, ich würde vor dem Spaziergang das Fell mit einem Haaröl einreiben?

Der sich gerne mal im Garten aufführt, als sei er der Vogelhasser der Nation?

Erklimmt Ihr Hund auch die Pelzhochburg des heißgeliebten Sofas, um es sich so richtig gemütlich darauf zu machen, oder schaut Ihrer auch so leidend und beleidigt, weil Sie es sich auch mal auf Ihrem Sofa gemütlich machen wollen?

Ich nenne meinen Hund jetzt immer „Schmolli" wenn er es sich wieder mit einem lauten Aufstöhnen auf dem harten Holzboden versucht, kuschelig zu machen und mich dabei so anguckt, als hätte ich von ihm verlangt, er möge sich bitte ab sofort im Gartenschuppen einen neuen Platz suchen.

Alle zwei Minuten kommen leise aber doch sehr klangvolle Töne von meiner Mimose, die mir sagen sollen, dass ich ja wieder so was von gemein zu ihm bin. Nach dem Motto: Jetzt soll ich wohl gar nicht mehr auf dem Sofa liegen, oder wie?

Dieser Blick - können andere Hunde auch so leidend gucken oder nur meiner?

Ist ja unerträglich, seinen armen Hund so zu sehen.

Komm schon her, und schwinge deinen pelzigen allerwertesten Popo endlich aufs Sofa. Das kann man als liebevoller Halter ja gar nicht mit ansehen, wie du auf dem harten Holzboden liegen und leiden musst. Jetzt macht meine Mimose auch noch einen auf Stur und ich soll betteln, dass er seine Fellpfoten aufs Sofa bewegt, das glaube ich ja nicht.

Na gut, was macht man nicht alles für Hund und Mensch in Harmonie!

Ich bitte ihn doch noch Freundlichst aufs Sofa zu kommen und siehe da, Ruby möchte gebeten werden, bevor er sich total aufopfert für sein Frauchen.

Dann kommt er angeschlichen und macht sich fett wie Oskar und schaut mich noch vorwurfsvoll an, weil ich auch nicht daran dachte, seinetwegen aufzustehen, um mir einen anderen Platz zu suchen. Damit hatte er wohl nicht gerechnet, mein geliebter Macho.

Dieser Blick, der mir wohl mitteilen sollte: 'Frauchen liebt mich nicht mehr richtig, sonst könnte ich das Sofa nur für mich alleine nutzen.

Soll ich armer Hund jetzt hier vielleicht in der Ecke wie ein eingerollter Rollmops liegen, das kann doch nicht ihr Ernst sein, so geht man doch nicht mit seinem Hund um, den man liebt.

Ich versuche es mal mit meiner breitbeinigen Rückenlage, und wenn es Frauchen zu eng wird, kann sie hier ja abhauen, und es sich auf dem kleinen Sessel gemütlich machen.'

Also was macht der nette Hundehalter und Tierliebhaber, nein nicht das was Sie jetzt denken, ich gehe etwas Leckeres für meinen Hund aus der Futterkammer holen und schmeiße es ihm in den Garten.

Mein Hund springt sofort vom Sofa runter und ab in den Garten, wo er jetzt beschäftigt ist, die Leckerlis zu suchen, und somit haben wir das Sofaproblem auch wieder prima gelöst.

Der Hund hat was Leckeres zu fressen und ich mein Sofa wieder ganz alleine für mich.

So ist mein Hund auch gleichzeitig noch mit Nasenarbeit beschäftigt und das macht den Hund ja bekanntlich auch schön müde und zufrieden.

Ihr Hund ein ganzer Kerl?

Habe Sie sich eigentlich auch schon mal überlegt, was für ein Typ ihr Hund wäre, wenn er nicht als Hund, sondern als Mensch wiedergeboren würde?

Würde Ihre Hündin wohl zum Topmodell taugen, das die Welt und die großen Laufstege erobert, oder doch mehr zur Ökotante in Sandalen tendieren, die ihren Urlaub lieber im Wald beim Zelten ohne Strom und fließend Wasser verbringen würde?

Die ihre Schlabberhosen lieber an einem Baum zum Trocknen aufhängt als einen Trockner zu benutzen?

Und Ihr Rüde, was würde der wohl sein, hat er einen leichten Hang zur Arroganz und würde vor lauter Schönheit die Strandpromenade auf- und ablatschen in der Hoffnung, alle würden sich den Hals nach ihm ausrenken, wenn er sein schwarzes langes Haar zu einem Pferdeschwanz zusammengebunden hat, oder wäre er doch mehr der Typ Waldschrat mit Vollbart und Ökolatschen, mit dem Drang nach absoluter Stille?

Für meinen verwöhnten Hund wäre das sicher nichts, denn Ruby würde sich lieber auf einer bequemen Strandliege die Sonne auf den Pelz scheinen lassen, und um Streicheleinheiten der vorbeiziehenden Strand Touristen betteln. Den Speichel fließen lassen, bis sich jemand herablässt, meinen verfressenden Hund eine Bratwurst zu spendieren.

Was glauben Sie, als was würde ihr Hund taugen würde er mal Inkanieren?

Würde er wieder mal nur ein ganz normaler Hund werden, der es sich mit seinem Halter so richtig kuschelig auf dem heimischen Sofa macht?

Das sollten Sie sich mal gut überlegen, denn man weiß ja nie, zu was ein Hund alles fähig ist und welcher Hund ist nicht für eine Überraschung gut!

Die Charakterbeschreibung meines Aussies namens Ruby

Mein Ruby haart fast das ganze Jahr, ich habe jetzt ein Sofa mit Fellbezug und schwarzen Hundepfoten drauf.

Er bettelt nicht, sondern versucht mein Essen zu hypnotisieren und hofft, dass es von meinem Teller direkt vor seine Pfoten fliegt.

Er jagt keine Hasen, er will nur wissen, wer schneller laufen kann.

Er hört sehr gut, es sei denn, es gibt etwas Wichtigeres, wo er erstmal hin muss.

Mein Hund mag alles, was ich für ihn koche, es sei denn, es schmeckt ihm nicht.

Er weiß sehr viel, aber leider auch nicht alles und das ist auch gut so.

Mein Hund hat riesige Monster Pfoten, wie man auf dem frisch gewischten Holzboden und Teppichen täglich sehen kann.

Er will mir immer gefallen, und dafür spielt er auch gerne mal den Zirkushund und führt lustige Tricks vor, auch wenn es gerade keinen interessiert und man ihn nicht beachtet.

Mein Hund hört wie ein Luchs, es sei denn, er stellt die Ohren nach hinten, und voll auf Durchzug.

Er weiß, dass er ein schicker Kerl ist, und spielt auch gerne mal die Oberzicke.

Er ist ein Bettelprinz und kann mit seinen Wimpern klimpern.

Er ist ein Jäger, er jagt mich beim Spazierengehen stundenlang durch die Gegend.

Er liebt mich und ich hoffe nicht nur wegen meiner Kochkünste.

Mein Hund ist jetzt sechs Jahre alt, aber benehmen tut er sich als wäre er erst zwei.

Er ist sehr sensibel vor allem, wenn er was verbockt hat und sich auch noch erwischen lässt.

Er guckt immer, als will er mir sagen, ich war das aber nicht, wirklich nicht, das würde ich niemals tun.

Mein Hund ist ein Wachhund und wacht täglich neben mir im Bett auf.

Er ist mein bester Freund und Hund, den man sich wünschen kann.

Es gibt so viele Gründe seinen Hund zu lieben, das hier sind nur einige davon!

Jeder Halter, der einen Hund hat, sollte sich immer bewusst machen, dass auch das Hundeleben begrenzt und schnell vorbei sein kann und darum muss man mit dem besten Freund des Menschen immer sehr behutsam, verantwortungsvoll und mit viel Liebe und Verständnis zusammenleben, denn diesen Hund, den man so sehr liebt, den gibt es nur einmal!

Mein Hund hat zwei Ohren

Mein Hund hat Ohren damit kann er hören, wenn er will. Augen damit kann er klimpern, und kleine Herzchen versprühen, um mich so um seine Pfoten zu wickeln.

Er hat eine Nase, damit er mich finden kann, wenn ich mich vor ihm verstecke.

Er hat ein Maul, damit er das Menü verspeisen kann, was ich ihm serviere.

Er hat tolles seidiges Fell, damit kann er sich in Position plustern, um sich bei den Felldamen total wichtig zu machen.

Er hat eine Rute, damit kann er zeigen, dass er sich freut, mich zu sehen.

Er hat vier Käse Pfoten, damit kann er schneller rennen wie der Blitz.

Er hat alles, was ein Hund braucht, um sich bei der Damenwelt so richtig wichtig zu machen.

Er hat eine unschlagbare Intelligenz, meistens weiß er schon vor mir, was wir gleich machen werden.

Er hat auch etwas von einem Esel, ich glaube man nennt es Sturheit.

Er ist mein Hund, und dafür liebe ich ihn.

Mein Ruby ist ein Individuum und etwas ganz besonderes für mich!

Strand wir kommen.

Ruby liebt den Strand aber eigentlich sind Hunde nicht mehr erlaubt um diese Jahreszeit.

Was macht mein Racker, er setzt sich genau vor den Strandkorb der einzigen Urlauber, die es sich bei diesem Wetter am Strand mit Decken und heißem Tee so richtig gemütlich gemacht haben, und entledigt sich seiner übel riechenden Dringlichkeit.

Da ich zum Glück aber immer eine Pupstüte dabei habe wie es sich gehört, hielt sich das Gemecker in Grenzen. Danach waren wir im Futterhaus und Ruby hat sich etwas Leckeres ausgesucht, es sollten diesmal Schweineöhrchen, Lammrippen und ein Ochsenziemer sein, mal was ganz anderes. Der Ruby hat aber auch immer Wünsche.

Dann kamen wir am Spielzeug vorbei und er glaubte doch nicht wirklich, ich nehme schon wieder das Gummihuhn in Lederoutfit mit oder etwa doch?

Letztes Mal wollte er das quietschende Spielzeug in Bierflaschenoptik haben, was er dann auch bekommen hatte, aber ein Gummihuhn in Lederklamotten braucht doch nun wirklich kein Hund von Welt zweimal!

Braucht gerade ein Hund wie Ruby eine Domina, weil er selbst auch gerne mal dominant ist?

Ruby hatte eine in seinem Spielkorb und was für ein Riesending, aber das schwimmt jetzt irgendwo in der Ostsee umher und erfreut vielleicht einen anderen Hund, denn wir haben es nie mehr wieder gesehen und eine neue gibt es nicht.

Dann kam sie um die Futterhausecke, die kleine Mischlingsdame mit den braunen Kulleraugen und dem seidigen blonden Fell und wickelte Ruby mit ihrem Charme um die Pfoten.

Ruby war völlig von der Rolle, er plusterte sich in Position und spielte den Futterhaus Casanova und pinkelte vor lauter Männlichkeit erstmal im hohen Bogen gegen die Futtertheke, um mal so richtig Eindruck bei der Dame zu hinterlassen.

Das wiederum machte keinen guten Eindruck bei dem Personal des Hauses und so kam es das Ruby sich eine kleine Standpauke anhören musste, was ihn aber so gar nicht interessiert hatte, mich aber schon.

Peinlich berührt fragte ich gleich nach einem Putzlappen um die Sauerei wegzuwischen, die mein

Obermacho ja so dringend dort hinterlassen musste. Wir wollen ja nicht zum letzten Mal im Futterhaus gewesen sein. Also immer schön die Augen offen halten und den Hund im Blick haben, wer weiß, was er gerade wieder anstellt.

Danach noch einmal die auserwählte Felldame seines Geschmacks beschnuppern und versuchen, sie doch noch vom Liebesakt zu überzeugen, was aber leider so gar nicht in ihrem Interesse war, denn das Einzige, was sie interessiert hatte, war das Spielzeug, was Ruby sich gerade ausgesucht hatte.

Sie giftete ihn an und wurde zu einer kleinen Bestie,

sie keifte und knurrte, und das war selbst meinem Draufgänger zu viel.

Frauchen wollte auch schnell weg, bevor es auch noch Ärger vom Personal gibt, weil Ruby alles im Laden verrückt macht. Das hatte wir ja schon mal, als Ruby in Windeseile die Futtertheke plünderte und alles Blitzschnell verspeist hatte, und keiner genau wusste, was Ruby jetzt alles gestohlen hatte.

Es ist immer wieder toll mit meinem Testosteron gesteuerten Macho das Futterhaus zu besuchen, denn alles dreht sich dann um eins, und das ist Ruby!

Mein Hund hat eine Oma, wie schön, Ihrer auch?

Nein nicht das was Sie denken, nicht seine Oma, es ist meine Mutter und unsere Oma Katze!

Mein pelziger Kanide hört ja fast mehr auf seine Oma als auf mich. Sind Omas nicht eigentlich dafür da, unsere pelzigen Mitbewohner zu verwöhnen und zu betüddeln, oder ist das gar nicht so, und Oma Katze tut nur immer so, dass mein Sesselpupser gar nicht so gut hört, wenn sie was sagt?

Ungeduldig wartet mein frecher Rackerdoll schon auf den Abend, dass er die Treppe zu Oma Katze nach oben stürmen darf, um sich etwas Schmackhaftes zu erbetteln, denn von Oma gibt es immer was Feines und wenn es nur ein halbes Brötchen mit Butter ist.

Was macht Oma anders als ich, ich musste das Mal beobachten und siehe da, er schleimt sich mit treuen Blicken ein und wickelt Oma so um die Pfoten.

Ich schlich hinter meinem Pelzbewohner hinterher, und schielte um die Ecke, und dann sah ich, warum er es immer so eilig hat. Kuscheln mit mir ist wohl alles sentimentaler Mist, mein Mitbewohner frönt sich lieber seiner Lieblingsbeschäftigung, dem Fressen.

Oma stopft den Racker mit leckeren Leberwurst Stullen voll, was mich wundert, denn Oma Katze isst gar keine Leberwurst, und wenn ich frage, was sie damit will, dann sagt sie, dass sie mal wieder Lust drauf hätte und jetzt weiß ich auch, was Oma damit meint. Da kann ich natürlich nicht mithalten, obwohl ich schon mal Leberwurst für Ruby kaufe und er sie auch gerne mal auf seinen Brötchen serviert bekommt. Kein Wunder, das mein Kanide da nicht mehr Herr seiner Sinne ist und zum Speichelmonster mutiert. Da kann ich noch so frohlocken, keine Chance, denn bei Oma schmeckt es immer alles anders und auch viel besser.

Vor allem die fetten Käsestangen und Würstchenenden, die versehentlich zu Boden fallen, wenn er Glück hat. Dann noch schnell ins Bad gehen und den Katzen die Wasserschüsseln ausschlürfen und eine Riesensauerei auf den Fliesen veranstalten. Für seine

Oma reißt der Racker sich ein Bein aus. Die Zeitungen holen, den Tisch vollspeicheln und ihre Hüttenschuhe von der Heizung holen und ihr bringen, aber das macht er sicher nicht umsonst. Seine pelzigen Kunststücke werden in Hundemanier vorgeführt, egal ob es jemanden interessiert oder ob Oma das jetzt sehen will. Es wird geturnt und rumgehampelt, als gäbe es kein Morgen mehr und es wird bestimmt etwas dabei sein, was Oma gefällt, und sie noch nicht gesehen hat.

Verliebte Blicke austauschen und was ihm noch alles so einfällt, um seine Oma zu bezirpsen.

Oma hat Ruby etwas Neues beigebracht und das geht so:

Dreimal laut Bellen soll heißen, Frauchen soll sofort hochkommen, und das ist bei meinem Hund ja nicht zu überhören.

Eilig stürme ich die Treppen nach oben und sicher fragen Sie sich jetzt, warum ich kommen sollte?

Oma rief schon die Treppe herunter, bringe mal einen Lappen mit hoch, denn einer muss diese ganze Sauerei hier ja schließlich auch wieder sauber machen, die dein Hund hier veranstaltet hat.

Aha, dann ist es plötzlich wieder mein Hund, wenn es ums Saubermachen geht, weil die Zwei so eine Sauerei im Wohnzimmer beim Fressen veranstaltet haben und ich soll das alles wieder wegmachen?

Wer hat schon wieder an der Uhr gedreht?

Mein Frauchen glaubt wohl ich merke es nicht, wenn sie mich jetzt schon eine Stunde früher nach oben schickt, wie vor der Zeitumstellung, aber nicht mit mir, ich habe eine Uhr im Bauch! So stand ich nun in der Nacht um punkt fünf Uhr in der Früh mit meinem Frosch im Maul vor ihrem Bett und starrte sie an, keine Reaktion. Ich starrte, und starrte, aber nichts.

Dann holte ich einmal ganz tief Luft und pustete ihr die ganze Luft, die ich in mir hatte durch meine Nasenlöcher, die jetzt die Größe einer Pferdenüster hatten, mitten in ihr Gesicht. Vor lauter Schreck stand Frauchen dann senkrecht im Bett, starrte mich an und fragte, ob ich wohl spinnen würde, sie so zu erschrecken. Dann faselte sie noch etwas, das es gerade fünf Uhr in der früh ist, und es draußen noch stockdunkel sei. Mir war das aber völlig egal, ich hatte jetzt ausgeschlafen, ich wollte spielen und mein Froschi auch. Ich war ja wieder so lustig und guter Dinge, leider aber nur ich und mein Froschi, Frauchen war gar nicht lustig in der Früh. Nachdem ich ja nun lang genug gebettelt hatte, wollte Frauchen gerade mit mir spielen, da hatte ich aber keine Lust mehr. Ich legte mich beleidigt auf meine Kuscheldecke und guckte, wie ein Hund nicht leidiger gucken konnte und versuchte sie zu ignorieren denn das zieht immer bei meinem Frauchen. Das erweichte ihr Herz so sehr, dass ich mich so freute, es wieder mal es geschafft zu haben, ihre ungeteilte

Aufmerksamkeit zu erregen. Nun war Frauchen mitten in der Nacht wach und ich wieder müde! Fressen, nerven, schlafen, was für ein anstrengendes Hundeleben ich doch habe. Da merkt man wieder mal, ich bin eben doch nur ein Hund, der nicht selbst entscheiden darf, wann wir was machen und darum legte ich mich wieder hin und schlief noch eine Runde weiter.

Schnarchnase Ruby

Haben Sie auch so eine hechelnde Schnarchnase zu Hause? Wie schön, ich auch.

Haben Sie sich eigentlich schon einmal Gedanken darüber gemacht, wie sie mit ihren Tieren kommunizieren?

Nein? Dann sollten Sie das aber mal tun.

Ich erwähnte ja schon mal, dass es in unserer Dachgalerie sehr warm ist und daran wird sich sicher auch nichts mehr ändern.

Stellen Sie sich mal vor, ich erwache am frühen Morgen, und was mache ich wohl zuerst?

Na meinen Hund freundlich begrüßen und das sieht dann ungefähr so aus:

„Hallo Ruby, na mein Kleiner, hast du gut geschlafen?"

Er schleicht mit seinen Alabasterkörper in die Richtung meines Bettes und was mache ich,

Na was wohl, ich bitte meinen noch halb schlafenden Hund doch noch etwas ins Bett zum Kuscheln zu kommen.

Mit schweren Gliedern lässt mein Racker sich ja auch nicht lange betteln, und steigt demütig ins Bett. Mit einem Plumps fällt sein schweres Köpfchen auf das eigen für ihn am Fußende hinterlegte Kopfkissen. Mein Nuckelbaby saugt so lange an den Kissenecken rum, bis er vor Müdigkeit wieder einschläft.

Wie artgerecht Frauchen doch alles für den Hund organisiert hat, fast wie in der freien Wildbahn. Der Hund stammt ja vom Wolf ab, da liegen ja auch lauter Kuschelkissen und Bettdecken für die Tiere am Wegesrand und im Wald rum, damit sie es sich so richtig gemütlich machen können und nicht auf dem harten Sand und Waldboden liegen müssen.

Dann kommt's, ich versuche mich mit meinem Hund zu unterhalten, was Ruby aber so gar nicht interessiert. Na Ruby, keine Lust auf morgendliche Konversation?

Mein Hund hebt den Kopf und wird sicher denken, was du heute machst, ist mir völlig egal, denn ich weiß was ich jetzt mache, und das nennt man Schlafen.

Keine weitere Reaktion von meiner Schnarchnase denn mein Hund hat keine Lust auf Unterhaltung um diese Uhrzeit. Dann eben nicht!

Ich drehte mich dann beleidigt auch noch eine Runde aufs andere Ohr und siehe da, das passte ihn dann auch wieder nicht und er stand vor mir und hechelte mir seinen warmen Atem ins Ohr. Was macht man als fürsorglicher Hundehalter nicht alles für seinen Hund, ich ziehe mir die Decke über den Kopf, um mich vor seinem heißen Atem zu schützen.

Dann geht er schnell noch seinen Frosch holen und legt ihn mir aufs Ohr und dann sage ich, heute gute Laune Ruby, oder warum bist du schon so lustig um diese Uhrzeit.

Ruby wird denken, nein ich bin nicht lustig, ich will hier aus der warmen Dachkammer.

Ich ignoriere ihn und das mag Ruby gar nicht und zieht an meinem Bettzipfel so lange rum, bis ich ohne Decke im Bett liege und denke, gut dann kann ich auch aufstehen und mich mit meinem Hund beschäftigen.

Alles geht ihn dann nicht schnell genug aber auch ich muss ja erstmal wach werden.

Komme mal in Bewegung, ich will raus in die wilde Natur und nicht mehr im Bett rumhängen.

Dann schnell noch mal meinen Racker durchkuscheln und abknutschen und langsam die

Glieder strecken und raus aus den Federn. Dann ist die Freude bei Ruby aber groß und gut, dass wir uns mal so richtig ausgesprochen haben, mein Hund und ich!

Danke Ruby,
das hast du super gemacht!

Als gut vorbereiteter Hundehalter habe ich ja immer eine schwarze Pupstüte bei mir, für den Fall der Fälle, um die übel riechenden Hinterlassenschaften meines Dominanz gesteuerten Machos zu beseitigen, falls er sich mal an Stellen entledigt, wo es eigentlich nicht hingehört.

Voller Optimismus stolzieren wir auf der Jachthafen Promenade auf und ab, mit den Gedanken, mein Hund hat sich ja schon seiner Hinterlassenschaft entledigt, dann kann ja nichts mehr passieren. Leider kam es aber anders als gedacht.

Mein Hund hatte einen flotten Durchmarsch und das mitten auf der Promenade. Wie passend das jetzt in dem Trubel gerade war, und gibt es überhaupt für Durchfall passende Momente?

Mitleidige und herablassende Blicke durchbohrten mich nach dem Motto: Dann wollen doch mal sehen, wie sie diese Sauerei hier jetzt wegmachen will.

Verantwortungsvoll, wie ich ja bin, schickte ich ein Stoßgebet nach oben zum Himmel, die Tüte möge beim Abkratzen des steinigen Asphalts bitte nicht reißen und kaputtgehen denn das wäre mir sehr unangenehm gewesen. Ich hätte auch ein großes Problem denn dieses war die letzte Tüte, die ich bei mir trug. Ich konnte ja nicht ahnen, dass sich mein Hund an diesem Tag des Öfteren entleeren musste und dann auch noch so flüssig.

Dieses Ereignis schien viele Menschen zu interessieren, denn die Leute blieben stehen, um zu sehen, wie ich mit einer Schnappatmung tief durchatmete und die Luft anhielt, um die Sauerei hier zu entfernen. Schwups griff ich in den warmen und breiigen Matsch meines Hundes und kratze alles vom Boden auf und ab in die Tüte. Das klappte ja wieder prima und gehalten hat sie auch.

Danke Tüte, dass du gehalten hast, das wäre ja superpeinlich gewesen, wenn nicht, daran mochte, ich gar nicht erst denken. Ich trug eine weiße Hose, die mit braunen Flecken sicher nicht mehr so gut ausgesehen hätte.

Als ich wieder frei atmen konnte, taten natürlich alle so, als wenn es gar keinen interessiert hätte, dass ich den Boden abkratzte. Als ob es nichts Wichtigeres gibt, als zu gucken, wie ein Frauchen sich dem Durchfall ihres Hundes zuwenden musste. Zum Glück ist alles gut gegangen und von der Sauerei auf dem Weg war ja auch nichts mehr zu sehen. Jetzt das nächste Problem, denn wer schon öfters an der Ostsee war, der kennt das Problem mit den Mülleimern. Nicht jeder Besucher möchte die stinkende Hinterlassenschaft seines Vierbeiners stundenlang mit sich herumschleppen und so wird sie oft achtlos ins Gebüsch geworfen und liegt in ein paar Jahren immer noch im Wald, oder häng an den Ästen der Bäume rum, wenn es keiner entfernt und das muss nicht sein. Auch mein Hund wollte nicht direkt neben mir gehen, solange ich seine stinkende Tüte genau neben seiner Nase in der Hand trug. Wir machten uns auf die Suche nach einem Mülleimer, den wir nach ein paar Hundert Metern auch gefunden hatten. Ich wünsche mir ein paar Mülleimer mehr an den Küsten dann haben wir auch weniger schwarze Hundekot-Beutel in den Ästen hängen, was wirklich kein schöner Anblick ist.

Get the Perfect look, Haute Couture für Bello & Co

Wenn ich mich hier so umsehe, scheinen die Zeiten, in denen es dem Halter genügte, sein Tier zu lieben und zu umsorgen, vorbei zu sein!

Die vermeintliche Tierliebe kennt keine Grenzen mehr. Die Auswahl an Produkten und Mäntelchen scheint grenzenlos geworden zu sein, die Bello & Co schöner machen sollen, aber ist das wichtig?

Es gibt die Frühjahrs-, Sommer-, Herbst- und Winterkollektionen für den Hund.

Braucht ein Hund das wirklich, oder nur, weil Frauchen/Herrchen es so wünschen, und zählt das nicht schon zur Vermenschlichung, wenn ein Hund das nicht wirklich aus gesundheitlichen Gründen braucht? Designerteams entwickeln Kleidsames für die Vierbeiner, aber wo soll das noch hinführen?

Passend gekleidet kommt der frisch frisierte Fiffi im roten Frotteemantel daher, die Leine in einem Babypuder rosa mit falschen Diamanten besetzt, und das Halsband passend zu Frauchens Luxus Handtasche in strahlendem Weiß. So ist die optische Verbindung zwischen Luxus Hund und Luxus Frauchen hergestellt, na klasse!

Der Rüde kommt in einem rot glänzenden Lackmantel mit einer sportlichen Nylonkappe in Schwarz, möglichst in der Farbe passend zu Herrchens schwarzen Sportschlitten daher.

Für die Cabrio Fahrer muss dann noch eine superteure Luxussonnenbrille für den Hund her, damit Brutus auch sportlich ausschaut, und zum Wagen passt.

Die dicke Rüden Leine, Brutus soll ja auch nicht aussehen wie ein dahergelaufener Allerweltshund, er soll ja was hermachen, wenn Herrchen und Frauchen mit ihm am Jachthafen lang stolzieren.

Die Leine muss breit und mit Strass belegt sein, das macht ordentlich was her.

Das alles lässt darauf schließen, dass der Hund auch nicht mehr weiß, ob er Männchen oder Weibchen ist.

Die Zukunft sieht aber hoffentlich nicht so aus, dass die Hunde aus München in krachenden Lederhosen und Dirndl daherkommen, und die Hamburger Hunde mit einem Seemannskostüm die Hafenpromenade entlang spazieren. Nur weil Herrchen eine Jacht, einen Sportwagen und ein Luxusweibchen an der Hand haben, brauchen sie doch ihre Hunde nicht zum Kasper der Strandpromenade zu machen.

Der Hund ist ein Hund und so soll es auch bleiben. Die Hunde möchten mit anderen Hunden spielen, toben, raufen und baden, oder was soll ein Hund sonst am Strand! Wenn der Hund selbst entscheiden dürfte, würde er sich sicher nicht anziehen, wenn er nicht gerade krank ist.

Ein gesunder Hund hat Fell und braucht keinen Mantel und wozu brauchen wir Luxus, ich habe alles, was ich brauche, und das was ich nicht habe, ist auch nicht unbedingt lebensnotwendig und wichtig für mich. Ich gebe meinen Tieren viel und bekomme noch viel mehr zurück, denn ich habe ihnen ein gesundes Maß an Eigenständigkeit, Selbstvertrauen und Selbstsicherheit vermittelt und sie vertrauen mir bedingungslos. Das Vertrauen seines Tieres zu spüren, ist für mich schon viel mehr, als viele andere Menschen haben.

Darf ich vorstellen, mein ganz persönlicher Tagesablauf!

Das Grauen hat einen Namen, ich glaube man nennt es Wecker. Das Ding klingelt um sieben in der Früh, und das so laut, als wäre ich taub auf beiden Ohren. Frauchen glaubt doch wohl nicht, das ich jetzt mitten in der Nacht schon ausgeschlafen habe.

Das Schrillen des Ufo Teils lässt mich vor Schreck fast einen Purzelbaum aus dem Bett schlagen, da wachen ja die anderen Hunde in meiner Nachbarschaft gleich mit auf. Um diese Zeit stehe ich sicher noch nicht auf, denn da schlafe ich gewöhnlich noch. Meine Zeit ist so um neun und das ist auch schon sehr früh, denn ich bin ja auch kein Jüngling mehr, ich brauche meinen Schönheitsschlaf. Frauchen könnte mir doch eine große Katzentoilette bereitstellen, damit ich mich zwischendurch mal meiner Dringlichkeit entledigen könnte. Deswegen muss ich doch nicht gleich meinen geruhsamen Schlaf abrechen, ich leide ja nicht unter seniler Bettflucht. Soll sie doch aufstehen, mich stört das nicht, ich mache es mir noch eine Runde so richtig gemütlich in ihrem Bett. So ganz alleine, was für ein Platz, nur ich und das Bett, wie schön.

Keine halbe Stunde später schreit mein Frauchen aus dem untersten Stockwerk, ob ich dann mal meinen Alabaster Körper Richtung Garten bewegen möchte, oder ob sie mir vielleicht das Frühstück ans Bett bringen darf? Was für eine Frage!

Was hören meine kleinen Öhrchen, Frühstück, Bett, das kann ich gut verknüpfen, denn das sind ja die zwei Dinge, die ich besonders liebe. Könnte Frauchen die Hundesprache besser verstehen, dann würde ich ihr bellen, dass ich gerne zum Frühstück ein Ei, mehrere Brötchen, sehr gerne mit Jagdwurst beschmiert hätte oder ein lecker Thunfisch Sandwich mit fettiger Mayonnaise, das wäre mal ein tolles Hundefrühstück. Aber nichts, das mit dem Frühstück ans Bett bringen, hatte ich wohl falsch verstanden, ich sollte in den Garten, um meine volle Blase zu entleeren, was jeder Hund nach stundenlanger Bettruhe erledigen muss. Ich schlich mit hängendem Kopf aus dem Bett, aber auch erst, als mein Frauchen vor mir stand, um mich abzuholen, um mich dann nach unten zu begleiten. So musste ich die Treppen wenigstens nicht alleine runter gehen. Gut der Ton macht die Musik aber ich höre da gar nicht hin und begann erstmal den Tag langsam einzuläuten und machte mich an die Morgengymnastik.

Linkes Bein, rechtes Bein, dann langsam die Vorderbeine strecken, den Hals nach links und rechts drehen, das Hinterteil noch mal ganz in die Höhe strecken, und dann noch mal ab ins Bett. Frauchen schien langsam die Nerven zu verlieren mit meinem Getrödel, denn sie wollte frühstücken, und das schon seit einer geschlagenen Stunde.

Es roch aber auch lecker in der Küche, und weil ich es jetzt doch plötzlich sehr eilig hatte, rutschte ich die Holztreppe hinunter und hatte mir das Bein vertreten. Da ich ja sehr wehleidig bin und gerne auch den Hypochonder spiele, konnte ich leider nicht weiter laufen, ohne mir eine große Portion Mitleid bei Frauchen zu erbetteln. Ja, so fängt der Tag gut an denn Frauchen meinte, ich könnte nach der Pipirunde ja noch etwa auf dem Sofa abhängen, wenn ich nicht so gut laufen kann. Ein Hund wie ich nutzt das sehr gerne aus und so guckte ich, wie ein Hund eben guckt der bemitleidet werden möchte.

So, durfte ich mein Geschäft im Garten verrichten und musste nicht schon nachts auf der Straße rumlatschen. Langsam und noch leicht humpelnd schlich ich mit hängendem Kopf ins Freie und dann sah ich sie, die gierigen Nesthocker, die nur darauf warteten, gefüttert zu werden, aber nicht mit mir. Ihr könnt euch das Futter selber suchen, denn alles, was es hier gibt, das gehört mir. Wegen euch habe ich schon genug Ärger bekommen, weil ich erwischt wurde, wie ich versuchte das Futter aus dem Vogelhaus zu stehlen, damit ihr nichts abbekommt. Kaum stehe ich auf dem Tisch und stecke meine lange Nase in das Vogelhaus, da ruft Oma Katze von oben aus dem Fenster, das ich das lassen soll, und nicht immer so egoistisch sein soll, denn die Vögel haben auch Hunger und das man auch mal teilen muss.

Als ob mich das interessiert, dass sie Hunger haben, das reicht doch schon, dass sie in meinem Pool baden und mich immer ärgern. Mit einem riesigen Satz sprang ich in die Richtung meiner Wasserlandschaft und verbellte die Parasiten, um sie zum Abhauen zu bewegen, aber nichts, sie setzten sich oben auf die Tanne und zwitscherten fröhlich vor sich hin.

Dann kam sie, mein liebes Frauchen und schon ging das Gemecker wieder los, was mir einfallen würde, immer die Vögel zu verscheuchen und dass das mit meinem Bein ja auch nicht so schlimm sein konnte, wenn ich wie ein Irrer durch den Garten fege, um meine Eifersucht auszuleben. Dann könnten wir ja auch einen schönen Spaziergang machen, wenn das mit dem Bein wieder besser ist, denn humpeln würde ich ja auch nicht mehr, wie es aussieht. Ich hatte aber nach dem Vortrag überhaupt keine Lust, das heimische Gefilde zu verlassen, soll sie doch mit ihrer schlechten Laune alleine spazieren gehen, ich bleibe lieber im Garten und ärger die Vögel weiter.

Immer dieselbe Leier, nichts darf man als Hund, immer muss ich machen, was Frauchen sagt, das gefällt mir gar nicht. Ich bin ein Hund und kann schon selber entscheiden, was ich machen will. Ich mache jetzt einen auf beleidigte Leberwurst, das kann ich gut und das zeigt meistens große Wirkung. Am besten klappt das, wenn ich den Hypochonder spiele, und meinen Dackelblick auf setze, dann kann mir keiner widerstehen, auch nicht Oma Katze. Obwohl sie mich schon dabei beobachtet hatte, wie ich humpelte und nach dem Mitleid von Frauchen plötzlich wieder ganz normal laufen konnte. Leider hat sie mich verpetzt, und schon war es vorbei mit Kuschelstunden rund um die Uhr und ihre Zeitungen kann sich Oma jetzt auch selber holen und nach oben schleppen, wenn sie mich immer verpetzt.

Frauchen meint auch, das jetzt die Zeit ist, wo der Rasen schön grün wäre, wenn wir welchen hätten. Ich grabe täglich den Garten um, und jetzt schaut es hier wie auf dem Acker aus, zum Leidwesen meiner Gartenfreunde. Das soll sich ab jetzt ändern. Ich darf ein paar Tage nicht in den Garten gehen, weil Grassamen gesät wurden, aber da hat sie wohl die Rechnung ohne die Vogelwelt gemacht. Jetzt fressen die Vögel die Samen auf, und wachsen tut hier auch nichts mehr. Das wäre mit mir im Garten sicher nicht passiert. Nach geschlagenen zehn Tagen nicht durch den Garten toben, sah es kein Stück anders aus als vorher und darum wurde beschlossen, dass es egal ist, wie der Rasen aussieht. Wichtig ist doch, ich habe meinen Spaß und mir ist das völlig egal, ob der Rasen grün ist, oder ich die Vögel im Sand verjagen muss. Hauptsache sie suchen sich einen anderen Platz, und nicht gerade in meinem Garten.

Ein Wintermärchen

Es ist morgens früh, ich wache auf und die Landschaft zeigt sich von der schönsten Seite.

Der weiße Winter ist da, und jetzt gibt es für mich kein halten mehr. Ich freue mich des Lebens, denn ich liebe den Schnee, darin herumzutollen und mich darin zu wälzen. Den Schnee zu fressen und wie ein wilder Feger durch die weiße Pracht zu toben. Aber dann wurde ich krank, ich hatte zu viel Schnee gefressen, obwohl ich das ja nicht durfte. Ich war so in meinem Element, das ich gar nicht zu gehört hatte, als mein Frauchen mich anmeckerte weil ich wieder mit offenem Maul, wie eine Schneefräse den kalten Schnee aufsaugte, was mir aber so gar nicht bekommen war. Ich hatte durch das viele kalte Wasser, was ich durch den Schnee aufgenommen hatte, eine Magenreizung, Erbrechen und auch noch Durchfall. Frauchen war nicht sonderlich begeistert davon, dass wir nun wieder die Nacht zum Tag und den Tag zur Nacht machen mussten wie schon des Öfteren, wenn ich nicht hören wollte, oder die wild gestikulierenden Handbewegungen meines Frauchens nicht verstanden habe. Ich bin ein Hund und kein Mensch und in meiner Hundesprache gibt es nicht so viele Wörter, die mich interessieren, weil ich vieles davon auch gar nicht verstehe und auch nicht verstehen will.

Das Haus darf ich im Winter auch nur verlassen, wenn meine Pfötchen mit einer fettigen Vaseline eingecremt sind. Wenn ich wieder zu Hause bin, dann werden die Pfötchen in lauwarmem Wasser gereinigt, als könnte ich das nicht Selbst erledigen mit dem Ablecken meiner Pfoten. Ich mag diese Zeremonie gar nicht, aber was macht ein Hund nicht alles mit, um in Frieden mit seinem Halter zu leben und meine Pfötchen sind dadurch auch nicht so spröde, sondern ganz zart. Das wiederum gefällt denn Felldamen auch sehr gut, wenn ich sie beim Flirten, mit der Pfote auf die Nase stupse. Als ich wieder ganz der Alte war, sollte ich in den eisigen Orkansturm ziehen, wozu ich aber keine Lust hatte. Bei diesem Sturm sollte ein Hund doch lieber auf dem Sofa oder im Bett bleiben.

Ich musste aber mit, wie immer, da half auch kein trauriger Blick und auch, dass ich mit der Leine gezogen werden musste, hatte keinen sonderlich interessiert. Es war grau und nass, kein schöner Tag um Spaß zu haben. Zu allem Übel trafen wir auch noch die kläffenden Blechdosen Kalle Cool und Wolfgang. Als wäre das nicht alles schon schlimm genug gewesen, kamen sie mit ihren kurzen Beinchen kläffend auf mich zu gestürmt und ich musste dann wieder an die Leine, damit ich sie nicht zwicke. Der freche Kalle Cool, der hat mich mal so in die Nase gebissen mit seinen spitzen Zähnen, dass ich ihn gar nicht mehr leiden kann. Ich knurrte ihn an, um ihn zu verscheuchen da sprang er mit einem Satz in den hohen Schnee und war spurlos verschwunden. Nach einer Schrecksekunde vom Halter fing Kalle an ein Bellkonzert zu veranstalten, was mir ziemlich auf die Ohren und Nerven ging. Kaum im Schnee wieder zu sehen, stürmte er los und wollte mir ins Ohr beißen. Aber nur, bis ich ihn mit meiner tiefen Stimme angebellt hatte, dann hat er sich vor Angst gleich hinter seinem Herrchen versteckt.

Dann kam Wolfgang, mit dem Herz eines Rottweilers stellte er sich mit geschwellter Brust vor mich und giftete mich an, weil ich seinem Kumpel Kalle Cool mal die Meinung gebellt hatte. Das passte ihm wohl nicht.

Als wäre das Wetter nicht schon schlimm genug, musste ich die frechen Rottweiler in Minniformat auch noch treffen. Es gibt eben auch für uns Hunde Tage, da sollte man besser das Haus gar nicht erst verlassen und es sich lieber auf dem Sofa gemütlich machen oder mal ganz zu Hause bleiben, und das Geschäft einfach mal im Garten erledigen.

Ist Ruby schon im Winterschlaf?

Ganz gemütlich und eingerollt wie ein Rollmops, schlummert Ruby vor der Terrassentür und würdigt mich keines Blickes. Wüsste ich es nicht besser, würde ich glauben, mein Hund hält seinen wohlverdienten Winterschlaf und das schon im November. Ruby lebst du noch oder schläfst du nur, wir wollen raus in die wilde Natur zum Wandern, deine Bäume und Sträucher besuchen. Zeitungen lesen, Freunde treffen und die neusten Hundenachrichten austauschen.

„Ruby brauchst gar nicht mit einem Auge so zu blinzeln und glauben, ich habe das nicht gesehen, das du nicht schläfst, denn das nützt dir gar nichts, du kommst jetzt mit."

Mein Felltragendes Hundemonster schien nicht sonderlich begeistert, wenn ich das Runzeln seiner Stirn richtig gedeutet habe. Wollte er mir mitteilen, dass jetzt nicht der richtige Zeitpunkt ist, sein gemütliches Plätzchen zu verlassen, um in der Gegend 'rumzulatschen und sich bei den eisigen Temperaturen die Pfoten abzufrieren? Wann ist denn der richtige Zeitpunkt, dass ein Hund seinen Winterschlaf halten kann? Rubys Appetit ist gewaltig, da Ruby aber kein Arbeitshund ist, und er auch nicht im Iglu übernachten muss, braucht mein Hund auch nicht so viel zu fressen, um seinen Energieverlust auszugleichen. Das soll heißen 'Ruby, entweder du bewegst dich mehr, oder es gibt im Winter weniger Futter für dich.'

Mein Kanis Familaris würde natürlich lieber vor dem warmen Holzofen auf dem Kunst Bärenfell liegen und sich die wohlige Wärme auf den Pelz brennen lassen, wenn wir einen hätten. Das aber würde dazu führen, dass sich mein fauler Hund noch weniger bewegen würde, als er ohnehin schon will. Ich werde das demnächst in aller Ruhe mit meinem Hund besprechen müssen.

Vielleicht finden wir ja eine Lösung, mit der wir beide leben können, denn wer liebt es nicht, in der kalten Jahreszeit die Orkanstürme lieber von innen anzusehen. Vielleicht werden wir uns im nächsten Winter einen gemütlichen Holzofen anschaffen, oder bekomme ich meinen Hund dann gar nicht mehr vor die Tür?

Wäre Ruby Felldamen-WG tauglich?

Würde Ruby entscheiden können mal das heimische Haus zu verlassen, wäre eine Hunde-Wohngemeinschaft sicher ganz nach seinem Geschmack und so könnte es dann aussehen: Ein Hundehotel mit großem Swimmingpool, eine Art Badelandschaft, und Ruby spielt den Bademeister und Platzhirschen.

Mal so richtig einen auf dicke Hose machen. Die schicken Felldamen posieren, die an ihren Liegeplätzen Ausschau nach rassigen Bademeistern halten und nichts mit Haute Couture, alles pur und gerne auch Mal ohne das lange zottelige Fell, das nach dem Baden aussieht, als hätte die Felldame Sauerkraut auf dem Kopf. Das rassige Fell kann aber, muss sie nicht schmücken. Ruby braucht keine Pudeldame im Bademantel, er liebt auch die geschorenen Damen und findet diese auch sehr ansprechend, mal ganz ohne Fell.

Die englische Rasse, weißer Wollteppich, war nicht ganz so sein Geschmack, denn sie war geschoren und hatte an den Beinen langes zotteliges Haar. Auf dem Kopf trug sie eine Art Perücke und sah aus wie ein explodierter Handfeger, was Ruby aber doch nicht davon abgehalten hatte, die Felldame etwas genauer zu beschnuppern und siehe da, sie war doch ganz entzückend. Sie hatte eine arrogante Art an sich, die den Trieb in Ruby weckte, sie doch noch näher kennenzulernen. Ruby musste sich etwas einfallen lassen, damit die Hundedame doch noch Interesse an ihm zeigte also wie üblich, legte mein Hund sich so richtig ins Zeug. Den Fellpopo ganz weit hoch und vorne runter, so hat er doch bis jetzt fast jede Felldame um die Pfoten gewickelt.

Ruby versucht sich über das Spielen interessant zu machen und das klappt meistens so gut, dass sie dann doch noch völlig hin und weg von Ruby sind und so sollte es auch diesmal sein. Würde aber ein schicker Rüde in den Pool wollen, wäre sicher Schluss mit lustig. Ruby würde dem Konkurrenten zeigen, du kommst hier nicht rein. Wenn schon den Bademeister spielen, dann aber bitte nur mit Felldamen, denn intakte Rüden sind so gar nicht nach seinem Geschmack. Also vorerst muss Ruby wohl bei

Frauchen den Bademeister weiter absolvieren und die Handtücher und Klamotten nach dem Baden bringen. Mit der rassigen Felldamen Wohngemeinschaft, wird es erstmal nichts werden Ruby und das Leben ist eben doch kein Wunschkonzert aber zu Hause bei uns, ist es ja auch ganz schön.

Eine Hommage an Ruby

Lieber Ruby, wenn ich dieses letzte Buch von dir fertig geschrieben habe, wirst du schon sechs Jahre alt sein vielleicht aber auch fast sieben. Was haben wir in den Jahren nicht alles schon zusammen erlebt. Lustiges, Trauriges und auch so einiges zum Nachdenken. Meistens war es aber Lustiges und ich habe so viel über dich geschmunzelt und gelernt und ich weiß nicht, welcher Mensch mich so oft zum Lachen gebracht hat wie du Ruby.

Gut, es gab auch Dinge, die waren nicht immer so lustig und die mich auch zum Nachdenken angeregt haben, aber das hast du mit deinem Charme immer wieder so hingebogen, dass ich dir nie wirklich lange böse sein konnte, und auch nicht wollte. Du bist ein sehr sensibler Hund und nimmst dir immer alles sehr zu Herzen, genau wie ich. Dadurch hast du es uns nicht immer so leicht gemacht mit unserem Zusammenleben. Hast du dich mal vor etwas erschrocken, dann dauerte es oft Wochen, manchmal sogar Monate, bis du wieder Vertrauen zu diesen Dingen aufgebaut hast. Was habe ich mir oft den Mund fusselig geredet, dir die Erlebnisse wieder schön zu reden.

Ich weiß nicht, ob es viele Hunde gibt, mit denen man so viele lustige und nette Geschichten erlebt und die ihren Halter so auf trab halten wie du Ruby. Ich denke oft an die Jahre zurück, wo ich dich als Welpen ins Haus geholt habe aber wo sind all die Jahre bloß geblieben? Was haben wir für einen Spaß gehabt, dir alles zu zeigen, dein erstes Ostseebad was du unfreiwillig in Grömitz genommen hast, weil dich ein großer Hund beim Toben versehentlich mit dem Hinterteil in die See gestoßen hatte. Wie schnell ich dann in Hemd und Hose in die Fluten stürzte, um dich zu retten, obwohl du doch schon schwimmen konntest.

Wie du den Urlaubern am Strand immer die Schuhe gestohlen hattest, um damit am Strand rumzutoben, um sie dann im Wasser zu entsorgen. Wie die Urlauber dann geschimpft haben, weil du den Kindern das Spielzeug gestohlen hattest und es nicht wieder hergeben wolltest. Du an deren Strandkörben versucht hattest dein Bein zu heben und an deren Klamotten, die in der Sonne zum Trocknen hingen, zu pinkeln.

Die Taschen gestohlen hattest, die am Strandkorb hingen, wo das Essen der Strandbesucher verstaut war, als würdest du zu Hause nichts bekommen. Du den großen Hunden immer das Spielzeug geklaut hast und dich dann hinter mir versteckt hast. Du deine freche Nase immer in die Strandkörbe stecken musstest, wo es am meisten nach frischem Fisch roch.

Ich dir die Nasenlöcher und Öhrchen versorgen musste, weil du wieder von einem Hund gebissen wurdest, der es nicht lustig fand, das du deine Nase in das Brötchen seines Halters stecktest. Du mit meinem Bikinioberteil über die Strandpromenade ranntest und ich nichts anderes zum Anziehen dabei hatte, und mit einem Handtuch bedeckt hinter dir herlaufen musste.

Du im Wald ja unbedingt ein Schlammbad nehmen musstest, und fast untergegangen wärst und danach Tagelang stankst, wie ein alter Waldboden. Auf die gefrorene Ostsee rennen musstest, und im Eis eingebrochen bist und ich fast einen Herzstillstand bekam, weil ich Angst hatte, dich zu verlieren. Du bei einer Beerdingung im Ruheforst unbedingt noch von einem uns völlig unbekannten Abschied nehmen musstest, und die Trauerrede störtest.

Mich so umgerannt hast, dass mir die Bänder im Knie gerissen sind. Wie du es öfters geschafft hast, dich aus dem Halsband zu wuseln, und ich alleine ohne Hund und nur mit der Leine spazieren gegangen bin, ohne es zu merken.

Du das Essen und den Kuchen aus der Küche gestohlen hattest, um dann hinterher auch noch den leidigen Hund zu spielen. Du gerne mal den Hypochonder spielst, um meine ungeteilte Aufmerksamkeit zu bekommen, was ja auch immer gut funktioniert hat. Wie du dich mit der Cindy heimlich im Gebüsch am Strand versteckt hast, um dich zu vermehren.

Wie du und dein Testosteron sich in den Hundepensionen benommen haben, das wir jetzt fast alle Pensionen in unserer Umgebung durchhaben, und die Damen der Pensionen nicht sonderlich von dir angetan waren. Komischerweise sind die Pensionen immer ausgebucht, wenn ich dort mal angerufen habe. Du Hannah unbemerkt in den Schuh gepinkelt hast, und als sie es merkte, auch noch frech gegrinst hast.

Du bei meinen schönen Schuhen die Hacken abgekaut hattest und ich dann von vielen nur noch einen hatte. Die Tapeten und den Teppich im Flur dazu nutztest, um die Wohnung anders zu gestalten. Du ja unbedingt bei deiner Hundefreundin Lila im Haus die Schoko Eier vom Tisch stehlen musstest und dann aber schnell nach Hause wolltest, bevor es einer gemerkt hatte.

Du mir zu Hause den Teppich vollgekotzt hast, weil dir so übel von den Eiern war. Du immer morgens schnell zu Oma Katze runter willst, um ihr bei der Begrüßung in den Hintern zu zwicken, bis sie schreit und du dann ganz schnell abhaust und dich freust. Deine Freunde nicht in deinen Garten haben willst, weil du Angst hast, sie könnten mit deinem Spielzeug spielen und damit durchbrennen. Du immer alle Felldamen posierst, weil du denkst, du bist der einzige Rüde, der das Recht auf Fortpflanzung hat. Du glaubtest, du müsstest in Tante Trudes Gartenteich ja unbedingt mal mit den Fischen schwimmen. Du am Hafenbecken so weit ins Gebüsch zum Pinkeln musstest, das dein Pipi für die Dame, die unter dem Gebüsch auf einer Bank saß, nicht unbemerkt blieb. Als du dann auch noch deine Hinterlassenschaft so verteilen musstest, dass die Erde auf die Bank flog, da war es mit der Contenance der Dame aber endgültig vorbei.

Das hier sind nur einige Geschichten von sehr vielen Ruby und danke, dass ich das alles mit dir erleben durfte und hoffentlich noch viel mehr erleben werde!

So langsam kommst du in das Hunderentenalter, wo man bald Senior sagen muss, ob ich das möchte, oder nicht.

Wenn ich das in Menschenjahre umrechne, dann bist du mit fast sieben Jahren, sechsundfünfzig und das macht mir schon etwas Angst. Bist du dann ein Opa Typ, wirst du jetzt erwachsen oder bleibst du für immer im Herzen jung und dynamisch und der ewige freche Strandcasanova von der Ostseeküste? Wirst du auch als Opa noch hinter den Felldamen her kriechen, oder lassen deine Hormone dich im Stich? Werden andere Dinge dir wichtiger werden, in ein paar Jahren bist du vielleicht nicht mehr der schicke black-tri, sondern mehr ein grau-tri. Bist du dann noch der charmante Schelm, der beim Laufen die Nase so hoch trägt, dass du öfters über deine Pfoten stolperst, oder hängt der Kopf dann Richtung Boden, weil die Schwerkraft es so will?

Das Schöne daran ist, dass wir gemeinsam altern, das Schlechte daran ist, du holst mich so schnell ein.

Bei meinem Geburtstag vergeht nur ein Jahr, bei deinem sind es gleich acht und das macht mir schon Sorgen. Ich werde ab deinem siebten Geburtstag die Jahre einfach nicht mehr zählen, denn das sind alles nur Zahlen und wen interessiert das schon, dich sicherlich nicht.

Das Wichtige im Leben ist doch, dass man gesund und mit Würde altert - und wer nicht alt werden will, der hat später mal ein großes Problem. Keiner will alt aussehen, aber alt werden wollen wir alle.

Oma Katze sagt immer, alt werden ist nichts für Feiglinge und damit hat sie auch recht. Wir sind so alt, wie wir uns fühlen und wichtig ist doch nur, das man im Herzen und im Kopf jung bleibt denn das andere, das können wir sowieso nicht ändern.

Für mich wirst du immer der tollste Hund auf Erden sein, und daran können deine Geburtstage auch nichts ändern.

Ich wünsche mir noch ganz viele wunderbare Jahre mit dir Ruby, und Danke, dass ich dein Freund und Personal sein darf!

Wäre ich ein Hund ohne Halter, dann wäre ich vielleicht ...

der alleinige Bestimmer, ein Hund der seiner Wege geht und machen kann, was er will. Keine Verbote, keine Befehle und nur so leben, wie es mir gerade in den Sinn kommt. Kein runter vom Sofa, kein 'Nein' in meinen Ohren und schlafen bis zwölf Uhr mittags, um danach gleich noch weiter auf dem Sofa rumzulümmeln.

Bei einer superscharfen Felldamen DVD in Gedanken mal den Rettungshund spielen und auf dem Sofa liegen, und an den Kissenecken rum nuckeln, bis das Innenleben sein Ende bekannt gibt. Mal ganz allein losziehen, um andere Rüden zu ärgern und ihnen mal zeigen, wo meine Stärken liegen. Mal so richtig einen auf fette Hose machen.

Im Sommer auf der Gartenliege lümmeln, und mir die Sonne auf meinen Pelz scheinen lassen, bis die dicke Wampe glüht.

Eine heiße Felldame einladen, die mir den Palmenwedler macht, falls es mir zu heiß mit ihr wird. Die mir dann einen leckeren Hunde Cocktail am Pool serviert. Oder doch lieber gleich mehrere Felldamen zur Poolparty einladen und ihnen mal zeigen, wie ein Hund von Welt sich im Wasser bewegen kann?

Ihr allerhand Kunststücke vorführen und so lange schwimmen, bis sie denkt, ich ertrinke gleich. So habe ich sicher wieder die ungeteilte Aufmerksamkeit erlangt, die ich ja so sehr liebe. Nach einem anstrengenden Tag sollte sich die Hundedame auch um mein leibliches Wohl sorgen, denn Felldamen sind ja nicht immer unanstrengend und das verursacht großen Appetit.

Natürlich will ein Hund wie ich auch ein eigenes Handtuch haben, was die Aufschrift ziert: Ich bin hier der Boss und das selbstverständlich in einem schicken rot denn das steht mir am besten, sagt mein Frauchen. Träume sind Schäume, aber Phantasien werden ja wohl noch erlaubt sein und wer weiß schon, was noch alles so kommt.

Katzen sind doof

Was war ich wieder aufgedreht, habe ich ein Schilddrüsen Problem, oder was ist mit mir los? Mein Personal meint ja, das ich auch mal müde sein müsste vom ständigen Toben und albern sein aber nichts, in meinem Kopf kreisen nur die Gedanken, was ich als Nächstes anstellen könnte, um mein Frauchen zu bespaßen. Allerdings möchte sie das gar nicht, denn sie meint, dass sie auch noch anderes zu tun hat, und nicht den ganzen Tag nur für mich da sein kann.

Ich versuche immer die volle Aufmerksamkeit auf mich zu lenken, und so wie ich das Gefühl habe, sie will den Raum verlassen, um sich mit anderen Dingen zu beschäftigen, spiele ich den Hampelmann und lasse mir Witziges einfallen, um sie abzulenken.

Oft klappt das auch und sie vergisst, dass sie eigentlich was anderes machen wollte und schon habe ich wieder gewonnen, und freue mich, wie ein Schneekönig. Ich verlange ja nicht viel, außer dass ich der Hund im Haus bin und die ungeteilten Privilegien habe, die sonst kein anderes Tier hier im Haus hat und schon gar nicht unsere Katzen. Ich kann sie nicht sonderlich leiden, denn die schleimen sich immer so bei meinem Frauchen ein. Das macht mich eifersüchtig denn ich will der Nabel der Welt sein und teilen ist auch nicht eins meiner besten Eigenschaften.

Ich beobachte das abends von meiner Galerie aus, ich sitze am Treppengeländer und gucke durch die Stäbe und höre wie sie sich an mein Frauchen ranmachen. Sie reiben sich an ihrem Bein und kommen dann ein paar Stufen hoch um mich zu ärgern, aber nur bis ich sie mit einem lauten Verbellen die Treppe runterjage. Sie rennen wie von Sinnen die Stufen runter und verstecken sich schnell hinter dem Sofa. Sie denken, ich komme runtergestürmt und falle noch mal über sie her. Das würde ich auch machen, wenn ich könnte und Frauchen nicht eine Absperrung gebaut hätte, damit das nicht noch mal passiert. Aber wie es aussieht, muss ich die Katzen wohl erdulden, denn Frauchen liebt ihre Katzen genauso wie mich und wie sagt sie immer so schön: 'Ich bin nicht der alleinige Herrscher im Haus und man muss auch teilen können, auch sein Frauchen.'

Ich mache mir die Welt, wie sie mir gefällt, und in meinem Leben ist kein Platz für Katzen zum Leidwesen meiner anderen Mitbewohner. Schuld ist der

Kater Fritzi, der mich immer im Garten geärgert hat und auf der Lauer nach mir lag, um mir mit seinen Krallen mein Hinterteil zu zerfetzen. Kaum lag ich als kleiner Welpe mal faul in der Sonne rum, wartete diese hinterhältige Satansbraten nur darauf, wie er mich erschrecken und ärgern konnte. Katzen mag ich nur noch als Leckerlis, wenn Frauchen backt, und die Katzenbackform benutzt. Dann habe ich sie auf dem Teller liegen und da mag ich sie besonders gern.

Ich bin der Größte, alle anderen sind doch Dilettanten.

Sicher habe ich doch schon mal erwähnt, dass mein Hund sehr von sich eingenommen ist und sich selbst mehr liebt, als alles andere auf der Welt. So jedenfalls könnte man es interpretieren, wenn man meinen Hund länger beobachtet. Ist Ruby ein Narzisst oder warum steht er immer so wichtig und hochnäsig vor anderen Hunden mit hocherhobenem Kopf da und schaut auf die anderen herunter? Was geht wohl vor in einem Hund, der seinen Narzissmus voll auslebt und sind Hündinnen auch so oder ist das mehr ein Problem, was das männliche Geschlecht auslebt? Das geht schon los, wenn Ruby eine Felldame seines Geschmacks sieht, diese Kopfhaltung, dafür würde er sicher in einer Hundeshow eine glatte Eins bekommen, und die Siegerschleife erhalten, wenn es dafür eine geben würde. Steif und fest stellt er seine ganze Männlichkeit zur Show. Er macht sich größer als er wirklich ist und schüttelt seine langen weißen Brusthaare in Position. Die Ohren stehen so hoch, wie es sein sollte, wenn ich ihn rufe und er hören sollte. Die Augen funkeln und bringen die angebetete Felldame um den Verstand, was für ein Prachtkerl mein Ruby doch ist.

Er betont auch seine Unabhängigkeit, und tut so, als würde er alleine des Weges flanieren, nach dem Motto: 'Guck mal, ich kann schon alleine Ausgehen, ich brauche keinen, der auf mich aufpasst, denn ich bin schon selbst und ständig alleine unterwegs.'

Es wird auch immer stets darauf geachtet, einen guten Eindruck bei der Damenwelt zu erhaschen und ich als Mensch, bin dann gar nicht mehr vorhanden. Aber wehe, ich wende mich einer anderen Fellnase zu, dann kommt mein selbstherrlicher Adonis sofort angerannt, und schmeißt sich dazwischen und zeigt sein strahlend weißes Gebiss. Die Eifersucht nagt an ihm, er möchte immer der Mittelpunkt für mich sein und das zeigt mein Hund auch sehr deutlich mit seinem Verhalten. Eifersüchtig versucht er so sein Selbstwertgefühl zu steigern, denn es gibt nur einen Hund, der wichtig ist, und der heißt Ruby. Wie Narziss, der schöne Jüngling aus dem Mythos, der sich in sein eigenes Spiegelbild verliebt hat, oder ist Ruby gar kein Narziss, sondern einfach nur sehr von sich überzeugt?

Ich werde das Mal weiter beobachten, was genau sein Verhalten bedeuten soll, aber ich tendiere fast zum Mythos.

Ruby spielt am liebsten mit sich alleine, mit netten Hundedamen oder mit mir. An unkastrierten Rüden hat er wirklich kein Interesse. Aber mit kastrierten Rüden kommt er super zurecht, vor allem, wenn sie wie Hündinnen riechen. Kommt aber ein Wichtigtuer, der meint, er muss zeigen, wer der wichtigere ist, dann stellt mein Racker sich in Position, denn das macht immer Eindruck, auch bei den Rüden. Das soll dann wohl heißen, ich brauche euch nicht, ich alleine genüge mir vollkommen und ich verlasse mich nur auf mich selbst. Ihr könnt alle woanders spielen, nur nicht da, wo ich bin. Ich bin hier der heimische Ostseecasanova und das lasse ich mir auch von keinem hier versauen und schon gar nicht von der potenten Konkurrenz.

Es ist immer wieder interessant, Ruby in solchen Momenten zu beobachten und zu deuten, was wohl gerade in seinem Kopf abgeht. Haben wir Menschen nicht auch oft das Bedürfnis nach Machtgefühl, Selbstausdruck und Grandiosität? Einen gesunden Narzissmus können wir auf gute Weise in unser Leben integrieren und ich bin stolz auf meinen Ruby, dass er solche großen Stücke auf sich hält.

Ruby sucht die passende Felldame, aber wie soll sie aussehen?

Ich habe Ruby mal sehr lange ganz genau beobachtet und gesehen, wie mein Hund seine Kumpels und Felldamen auswählt. Geht mein Hund nach dem Geruch oder doch mehr nach dem Fellkostüm, das Madame trägt, oder schaut er mehr nach der Frisur? Steht er auf Blond, braun oder liebt er alle Pelzträgerinnen, egal ob Zottelmähne oder die schicke Dauerwelle, der portugiesischen Wasserhunde mit den langen Beinen, oder doch lieber die Dackelfraktion, kurzbeinig mit der Kläffe einer Blechdose? Madame Pompidou Arroganzia, mit dem Selbstwertgefühl einer Prinzessin oder lieber die Suleika aus der Bauchtanztruppe vom Bosporus?

Auch die Hündin von nebenan mit dem Pony vorne lang und der Haarpracht hinten kurz, ist ganz nach Rubys Geschmack.

Ist Ruby vom Typ tolerant oder doch mehr der intolerante Typ nach dem Motto: 'Alles meins hier, und jetzt verzieh dich, bevor es hier ungemütlich zwischen uns wird.'

Zeigt ein anderer Rüde, dass er Respekt vor Ruby hat und dass er selbst völlig unwichtig und unscheinbar ist, hat er Ruby das Gefühl vermittelt, der größte zu sein und genau das ist es, was er damit erreichen will.

Schon läuft mein Ober Macho vor Stolz zur Höchstform auf, denn so will mein Hund es immer haben. Ruby kann sehr gut unterscheiden, wann es besser ist, einem anderen Rüden aus dem Weg zu gehen, oder den Streit, der oft durch die Mimik falsch gedeutet wird, zu vermeiden. Ängstlich ist er nicht denn er gehört nicht zu der Fraktion Hund, der sich von anderen die Wurst vom Brot stehlen lässt, und das ist auch gut so. Man kann und muss nicht jeden mögen, das ist bei Hunden nicht anders als bei uns Menschen.

Ruby, wir müssen reden ...

Kannst du mir mal in deiner Hundesprache versuchen zu erklären, warum du jeden Schritt hinter mir herlaufen musst?

Gerade hast du seelenruhig noch auf dem Teppich abgehangen und fest geschlafen und kaum mache ich einen Schritt an dir vorbei und sofort bist du hellwach. Deine Knopfaugen, die eben noch Schlitzaugen waren, nehmen die Größe einer Tellermine an und verfolgen mich auf Schritt und Tritt, und schon klebst du wieder an meiner Ferse. Ist das nicht anstrengend immer in Lauerstellung zu dösen, und Angst zu haben, ich könnte mal ohne dich den Raum verlassen und wohlmöglich noch ohne dich in die Küche gehen, und vielleicht heimlich den Kühlschrank öffnen?

Ich mag mich ja gar nicht mehr bewegen, wenn ich dich dann alle zwei Minuten aus dem Schlaf reiße und das nur, weil ich mal vom Sofa zum Tisch gehe. Mit einem lauten Aufstöhnen lässt sich mein traumatisierter Hund, herablassend auf den harten Holzboden nieder, aber so, dass er alles im Blick hat und ich mich nicht unbeobachtet auch nur einen Schritt alleine aus dem Raum bewegen kann.

Ruby entgeht nichts, aber auch gar nichts. Gehe ich in die Richtung des Esstisches, werden deine Schritte schneller, weil du denkst, dass ich deine Leine nehme und wir sofort ausgehen werden. Gehe ich aber am Tisch vorbei, werden deine Schritte langsamer und dein Gesichtsausdruck lässt mich nur erahnen, was jetzt in deinem kleinen Hundehirn vor sich geht.

Du bist enttäuscht, weil es doch nicht losgeht und ich dir vielleicht sogar die Tür vor der Nase zumache, weil ich es mir erlaube, auch mal ohne dich wegzufahren und du alleine zu Hause bleiben musst.

Das macht dir aber gar nichts aus, denn wenn ich nach zwei Minuten doch noch mal ins Zimmer komme, um dir zu sagen, dass ich gleich wieder komme, du schon wieder auf dem Sofa lümmelst und froh bist, dass ich mal weg bin und du das Sofa ganz alleine nutzen kannst. Du tust immer nur so, als seiest du traurig und in Wirklichkeit bist du froh darüber, wenn du ein paar Stunden am Tag mal deine Ruhe vor mir hast. Gehe ich aber Richtung Küche, werden deine Monsterpfoten zur Rennsemmel, weil du immer mit der Hoffnung lebst, das dir die leckeren Bockwürste vor die Pfoten fallen und davon abgesehen, sind die Küche, das Bett und das Sofa ja auch deine Lieblingsplätze. Läuft in der Küche auch noch der Backofen auf Hochtouren vernebelt es dir die Sinne, und du bist gar nicht mehr aus der Küche wegzubewegen.

Das Objekt der Begierde wird mit deinen Blicken hypnotisier, weil du hoffst, dass die Backofen Tür raus fliegt und die Kekse direkt in deinem Mund landen. Nett Ruby, dass wir mal in Ruhe über alles gesprochen haben, aber ändern wird sich sicher trotzdem nichts, denn du wirst immer mein Schatten bleiben, solange wir leben und dafür liebe ich dich!

Was bewirkt eigentlich eine gute Mensch-Hund Beziehung?

Menschen, die mit Hunden zusammenleben, sind ausgeglichener, leben oft gesünder und auch das Wohlbefinden wird stark gesteigert. Hundehalter suchen die Nähe zur Natur und sind bei Wind und

Wetter mit dem Hund unterwegs. Das baut Stress ab und ist sehr gesund. Auch die Bewältigung von Alltagsproblemen mit Hund fällt vielen Menschen leichter denn das Verantwortungsgefühl lässt vieles einfacher und wichtiger erscheinen als ohne Hund. Man hat ein Lebewesen zu Hause, um das man sich kümmern muss, und zwar täglich und das über sehr viele Jahre. Auch Dinge zu erledigen, die man ohne Hund vielleicht aufgeschoben oder liegen gelassen hätte, erscheinen wichtig und werden schneller erledigt, denn man organisiert seinen Tagesablauf viel strukturierter. Man hat das Gefühl gebraucht zu werden, und gerade auch Menschen, die alleine leben, haben einen Partner, der ihnen das Gefühl vermittelt, geliebt und gebraucht zu werden.

Einen Hund zu haben, bedeutet, sich immer um das Tier kümmern zu müssen und verlangt eine hohe Verantwortung und Rücksichtsnahme, denn es muss immer jemand da sein, der sich um das Tier kümmert. Auch wenn man mal keine Lust oder Zeit hat, etwas mit dem Hund zu unternehmen, muss man sich die Zeit nehmen, denn der Hund ist auf seinen Halter angewiesen und kann sich im Haus nicht selbst versorgen. Er braucht täglich genug Auslauf, Liebe, Zeit und das Gefühl, dass man gerne mit ihm zusammen ist und er nicht nur geduldet wird, denn ein Hund spürt das.

Auch in der Funktion als Krisenmanager hat er sich immer wieder bei familiären Problemen erwiesen. Wer streitet schon gerne, wenn der Hund danebensteht und die Angst aus seinen Augen spricht. Oft fungiert er als Partnerersatz, denn viel Menschen, die alleine leben, schaffen sich lieber einen Hund, als einen Partner an. Oft findet man nicht den Partner, mit dem man seine Hundeliebe teilen kann oder der neue Partner ist eifersüchtig auf den Hund, und verlangt sogar, dass das Tier abgeschafft wird.

Der Hund ist immer für einen da, wenn man liebevoll mit ihm umgeht. Auch wenn er vielleicht ihre Schuhe zerkaut, den Teppich zerstückelt oder das Tischbein anknabbert, aber niemals wird er Ihnen das Herz brechen, bis zu dem Tag, wo er einen leider verlassen muss. Aber bis dahin wird er Sie in den seltensten Fällen enttäuschen.

Es muss aber auch darauf geachtet werden, das man nicht alle Probleme auf den Hund abwälzt, denn er spürt sofort, wenn den Halter etwas bedrückt und das kann auf Dauer die Hundeseele krank machen. Obwohl Tiere nicht sprechen können, sind sie oft unsere bevorzugten Unterhaltungspartner, denn sie sind anpassungsfähig und stellen keine großen Ansprüche an die Unterhaltung, sondern sind einfach für uns Menschen da.

Die Kontaktbörse Hund: Immer mehr Menschen in der heutigem Zeit lernen sich auf Hundewiesen, in Hundportalen, Hundeschulen und Freilaufgehegen kennen und auch der Hund, lernt so viele neue Spielgefährten kennen und so entstehen oft viele neue Kontakte für Mensch und Hund. Es ist sehr wichtig, sich mit seinem Hund auseinanderzusetzen, denn eine gute Hund-Mensch Beziehung ist unabdingbar um ein gutes und glückliches Leben mit seinem treuen Vierbeiner zu führen.

Eine gute Beziehung zum Hund lässt sich nicht erzwingen und muss behutsam mit viel Liebe und Verständnis aufgebaut werden. Reicht ein Hund ihnen die Pfote, schenkt er ihnen sein Herz und Vertrauen und damit muss behutsam umgegangen werden.

Einen Hund zu enttäuschen ist traurig und oft sehr schwer wieder gut zu machen.

Der Hund wird es nicht vergessen, und es vielleicht irgendwann auch nicht mehr verzeihen, denn auch für einen Hund sind zu viele Fehler oft eine schwere Enttäuschung und das Vertrauen zum Halter ist für immer verloren!

Ohne Würstchen kein richtiges Abendmahl?

Brauchst gar nicht so beleidigt gucken Ruby, heute gibt es keine klein geschnittenen Bockwürstchen über dein Trockenfutter serviert. Dieser Blick, Ruby liegt flach wie eine Flunder vor seinen Edelstahlnapf und rümpft die Nase. Rollt gelangweilt die Augen im Sekundentakt im Kreis und dann dieses elendige Aufstöhnen. Ich stellte immer wieder fest, mein Hund hat ein sehr schweres Hundeleben, denn wer seinen Hund wirklich liebt, der streut kleine Miniwürstchen über das Trockenfutter, damit es schön saftig ist. Als Ruby dann auch noch anfing zu wimmern und zu stöhnen, da dachte ich wirklich eine Minute daran, dass er ernsthaft krank ist. Gerade wollte ich mich doch noch erweichen lassen, die saftigen Würstchenenden in das Futter zu schnipseln und sagte zu Ruby: "Gut, wenn du krank bist, dann stellen wir die Würstchen lieber wieder in den Kühlschrank." Da wurden die Augen aber riesengroß und Ruby speichelte den Napf voll, was mir sagen sollte: "Ich fresse das trockene Zeug nicht ohne Würstchen, das kannst du vergessen. Das kann doch nicht dein Ernst sein, das mutet man seinem Hund, den man liebt, ja wirklich nicht zu. Das mache ich nicht mit, dann verhungere ich lieber und fresse nichts."

Mein Magen knurrte und grummelte, mein Stöhnen wurde immer lauter, meine Blicke immer verständnisloser, aber nichts, Frauchen ließ sich einfach nicht erweichen. Dann kam sie wieder zum Vorschein, die saftige Würstchendose in Frauchens Hand. Dieser Geruch, meine Geschmacksnerven spielten verrückt, die Würstchen tanzten den Würstchentanz in der Dose und das genau vor meiner Nase. Ich versuchte die Dose so zu hypnotisieren, das sie sich öffnet und die Würstchen mit einem Sprung genau in meinem Napf landen aber nichts. Beleidigt und völlig desinteressiert legte ich mich auf meine Decke und drehte Frauchen das Hinterteil zu und kuscheln wollte ich jetzt auch nicht mehr. Ich spielte den traurigsten Hund überhaupt und meine Augen drückten das Unverständnis zwischen mir und der Würstchendose aus. So lag ich mindestens zehn geschlagene Hundeminuten ganz traurig und weit weg von meinem Futternapf, den ich aber keine Sekunde aus den Augen ließ. Wenn ich lange genug verständnislos gucke, kann Frauchen mir sicher nicht mehr widerstehen und so gab es dann doch noch mein Trockenfutter mit Wurst Geschmack.

Was habe ich doch für ein klasse Hundeleben, Augenrollen, warten, stöhnen, sabbern und nerven lohnt sich eben doch. Man muss nur genug Geduld aufbringen, dann klappt das wie von selbst.

Wer ist hier der Boss?

Frauchen ist mein Artgenosse, nur ohne Fellkostüm und ich übertrage ihr die Rangordnung und die Regeln und mache mir zum Hauptziel, den Zugang zu Ressourcen wie mein Futter, meinen Schlafplatz und meine heißgeliebten Streicheleinheiten zu nehmen, wann immer ich es möchte. Wäre da nicht ein kleines Problem.

Strebe ich wieder mal den besten Platz mit Aussicht in den Garten an, muss ich runter vom Sofa, weil ich mich wieder in meiner ganzen Präsenz auf dem Sofa so ausbreite, das nur für einen Platz ist, und zwar für mich. Will Frauchen aber, dass ich aufs Sofa komme, dann will ich nicht und bin beleidigt und ignoriere ihre Versuche, sich bei mir einzuschleimen und drehe meinen Kopf ganz demonstrativ zu Seite.

Das scheint sie aber nicht weiter zu stören denn sie sagt, ich soll doch weiter schmollen, und wenn ich mich wieder etwas beruhigt habe, dann kann ich ja wieder mal bei ihr vorbeischauen auf dem Sofa.

Nichts ist umsonst und den besten Platz im Haus den muss man sich eben doch erst verdienen. Ich bin ein Draußenhund und keine Sofakartoffel, die den ganzen Tag wie festgenäht auf dem Sofa abhängen will. Ich liege gerne und viel rum, aber doch nicht den ganzen Tag. Ein Hund von Welt muss raus in die wilde Natur, der muss was erleben und seinen Gene weitergeben. Ich bin ein Naturtyp, der seine ungeteilte Aufmerksamkeit liebt und sich durchs Leben schnüffeln muss. Ich brauche gewisse Freiheiten zur Exploration und zur Elimination. Ich habe viel von meinem Frauchen gelernt, denn ich beobachte jeden Schritt von ihr und wir verstehen uns auch ohne viele Worte und kommunizieren auch viel über Handzeichen. Das ist praktisch, auch wenn ich mal nicht höre, weiß sie, dass ich immer gucke, wo sie ist, denn mein Blick zu ihr reißt nie ab, und wenn ich später mal taub auf den Ohren bin, dann kann ich auch mit Handzeichen verstehen, was sie von mir will. Oft tue ich zwar so, als würde ich nicht verstehen was sie mir sagen will aber im Großen und Ganzen, verstehe ich das sehr gut, wenn ich will. Da ich ein sehr rational denkendes Lebewesen bin, weiß ich sehr genau, wie ich meine Menschen mit treuen Blicken um die Pfoten wickeln kann. Habe ich wenig Erfolg damit, versuche ich es mit Charme und Humor, das klappt immer. Ein bißchen Prinz, ein bisschen Diva spielen und auf riesigen Monsterpfoten gemütlich durchs Leben streifen. Fressen, Spielen, Kuscheln und zwölf bis fünfzehn Stunden am Tag dösen und schlafen, wie schön, dass ich ein Hund sein darf und wer kann einer so süßen Fellnase wie mir schon lange widerstehen!

Mein Glück heißt Ruby

Ich habe schon sehr oft überlegt, ob es eine größere Liebe zwischen den Menschen oder zwischen den Menschen und Tieren gibt und meine Antwort ist: Zwischen Menschen und Tieren ist die Beziehung ehrlich und bedingungslos.

Sicher gibt es auch Beziehungen zwischen Menschen, die aus einer großen Liebe heraus bestehen, aber die zwischen Mensch und Hund, ist etwas ganz besonderes und hält, wenn man seinen Hund gut behandelt, meistens ein Leben lang und weit darüber hinaus.

Es ist toll zu spüren, wie bedingungslos mein Hund

mich liebt und wie viel ein Hund einem geben kann, ohne sich ständig Gedanken darüber machen zu müssen, was man anstellen muss, um geliebt zu werden.

Es ist eine sehr enge Bindung, die mit der Zeit zu einer tollen Freundschaft wird und man sich auch ohne viele Worte gut verständigen kann. Streiten kann man mit seinem Hund auch nicht, gerade das macht die Beziehung ja auch so harmonisch.

Ich und Ruby sind ein klasse Team, wir sind in den Jahren zusammen gewachsen wie Pech und Schwefel, wie die Tanne mit dem Harz, wie siamesische Zwillinge einfach unzertrennlich. Wir bereichern uns und jeder fühlt, was der andere möchte und wenn ich mal in einer ruhigen Minute in mich gehe, dann kommt mein Hund zu mir, weil er denkt, dass ich traurig bin. Er legt seinen Kopf auf meine Schulter oder schleicht sich auf Sofa und will kuscheln und hofft, zärtlich über den Kopf gestreichelt zu werden. Das ist bedingungslose Liebe aber meistens möchte Ruby von allem etwas mehr, vor allem beim Spielen, Fressen und beim Kuscheln. Ich denke das liegt wohl in der Natur des Hundes, da werden sie alle gerne mal zum Egoisten!

*„Mensch und Hund ergänzen sich hundert- und tausendfach,
Mensch und Hund sind die treuesten aller Genossen."
Alfred Brehm*

Ruby sechs Jahre alt

Ruby der Jäger im Pelzmantel

Seine grenzenlose Faszination und Eleganz ist unübertroffen, die Ausstrahlung ist sagenhaft und einzigartig legendär. Sein Charme und seine Aura sind unwiderstehlich für die Hundedamenwelt, denn er ist der Felldamen Jäger per exzellent. Seine traumhafte Fellbezeichnung lässt jedes Herz höher schlagen, und das nicht nur bei den Hunden.

Wäre Ruby kein Hund, dann wäre er vielleicht der Typ Pirat, der versucht, mit seinem territorialen Verhalten alles an sich zu reißen. Ruby würde den Obermacho spielen, was heißen soll: Das Boot könnt ihr haben, aber die Felldamen und Leberwurstbrote bleiben hier. Der den ganzen Tag sein Handy in Knochenform zwischen den Pfoten hält und sich die Tatzen blutig tippt, um mehrere Treffen gleichzeitig zu vereinbaren.

Einer, der es nur mit Kränkung hinnehmen würde abserviert zu werden, und so seine ganze Männlichkeit infrage stellt. Ein Wichtigtuer, der seine Unsicherheit mit Machogehabe überspielt, und sich niemals zum Softie mutieren lassen würde denn aufgeben ist so gar nicht seine Art. Ein Pirat wie aus dem Bilderbuch, da fehlt eigentlich nur noch die perfekte Augenklappe.

Dinge die Ruby von alleine konnte!

Die beleidigte Leberwurst spielen, den Garten umgestalten, die Blumen ausgraben und sich so lange um die Ohren schleudern, bis sie völlig hinüber sind. Die Markknochen unter die Bäume pflanzen in der Hoffnung, dass dort dann Knochenbäume wachsen.

Betteln und den Tisch voll speicheln, und seine Menschen mit Blicken um die Pfoten wickeln.

Stur wie ein alter Esel sein, Frauchen ärgern und in den Hintern zwicken, sich aufblasen und wichtig machen bei den Felldamen. Andere Rüden anpöbeln und zum Raufen animieren. Unschuldig gucken und denken 'Ich war das aber nicht'. Die volle Aufmerksamkeit auf sich ziehen und erwarten, dass alle sagen, du bist aber ein toller Kerl. Oma mit Blicken hypnotisieren, die Hasen erschrecken, den Kuchen aus der Küche stehlen und schrecklich ungeduldig sein, wenn es nicht alles gleich so klappt, wie er es sich vorstellt. Beleidigt gucken, wenn ich ihn erwische, wie er Sachen anstellt, die ich gar nicht mag und dann noch so tun, als wäre das alles meine Schuld und ich hätte das verbockt. Danach den süßen Dackelblick aufsetzen und erwarten, dass ich ihn dafür auch noch in den Arm nehme und tröste. Mein Herzensbrecher weiß ganz genau, wie er seine Menschen einwickeln kann und das nutzt er natürlich auch sehr oft aus.

Ein Hund wie ich,
der kann fast alles ...

Ich kann Rolle beidseitig, im Liegen kriechen, linke und rechte Pfote geben. Im Sitzen beide Pfötchen geben und winken. Mit der Pfote die Augen zu halten, und noch vieles mehr. Die Wäsche vom Wäscheständer im Garten rein holen und sie Frauchen vor die Füße schleudern. Die Zeitung von unserem Nachbarn holen und sie Oma Katze in die erste Etage hochbringen und auf den Tisch legen.

Ich kann viele Spielsachen voneinander unterscheiden, wenn ich gerade mal Lust dazu habe. Den Wäschekorb bringen und die saubere Wäsche in den Korb einräumen. Frauchen die gewünschte Kleidung bringen und ihr die Socken aus ziehen. Morgens die Bettdecke aufziehen, damit sie aufsteht und mit mir spielt. Oma Katzes leere Wasserflaschen von oben nach unten bringen. Meistens lasse ich die Plastikflaschen aber schon von oben nach unten die Treppe runter fallen, das scheppert immer so schön laut, wenn sie auf dem Holzboden aufschlagen.

Ich kann noch viel mehr, aber alles werde ich ja auch nicht verraten!

Darf ich bitten ...

Wie selbstverständlich verlangt mein Hund von mir, das ich ihn beim Wald Spaziergang die Zweige und Äste aus dem Hintern fummle, die sich in seinem langen Fell am Hinterteil durch das wilde Verteilen seiner Duftstoffe eingenistet haben.

Mein Hund meint ja auch, er müsste sich nach jedem großen Geschäft den Hintern sauber machen und schlittert so durch den Waldboden und schon hängen Blätter und anderes Gestrüpp am Hinterteil fest. Ist das Fell aber noch nass, weil Ruby vorher in der Ostsee gebadet hat, dann ist das auch schon Mal sehr unangenehm für ihn. Schnüffelt Ruby sich dann noch am Wegesrand durch die Kletten, dann ist es auch mit der guten Laune meines Hundes schnell vorbei, denn das kann Ruby gar nicht leiden, und bleibt so lange stehen, bis ich mich herablasse, um meinen angewiderten Hund von den lästigen Waldbewohnern zu befreien.

Wer schon mal derartiges Waldleben in seinem nassen Hund hatte, der weiß, von was ich spreche. Mein Hund geht keinen Schritt weiter und steht wie angewurzelt mit einem Gesichtsausdruck da, als hätte ich ihn persönlich, die Waldlandschaft ins Fell geknotet. Hat sich dann auch noch zu allem Übel eine Klette auf seiner Pfote einen Platz ergattert, dann ist es ganz aus und mein Hund streckt mir die Pfote des Schreckens entgegen und meint: 'Los mach das mal weg.' Ich bin froh, dass seine Blicke nicht töten können, denn in diesen Momenten, hat mich mein bester

Freund zum Fressen gern. Und wenn ich es nicht besser wüsste, dann könnte man glauben, ich hätte ihn heimlich die Klette auf die Pfote drapiert um ihn zu ärgern, so jedenfalls sieht er mich dann an. Und wenn es auch noch ziept, dann macht er einen auf beleidigt und versucht sich selbst dem lästigen Wald im Pelz zu entledigen. Alle Versuche das Zeug aus dem nassen Fell zu bekommen sind ohne Harrverlust und einen stinksaueren Hund fast nicht möglich. Ich versuche meinen Hund davon zu überzeugen, dass wir das zu Hause alles wieder in Ordnung bringen und er nicht daran zugrunde gehen wird.

Kaum in den heimischen Gefilden angekommen, hört er schon das Schieben seiner verhassten Schublade, wo das fiese Folterwerkzeug deponiert wird. Mein Hund ist dann schnell spurlos verschwunden und hat sich hinter dem Sofa oder unter dem Esstisch versteckt. Um meinen Hund wieder positiv zu stimmen, verspreche ich ihm, dass er nach dem grausamen Ritual die Tapferkeits-Medaille von mir persönlich verliehen bekommt. Einem Hund wie Ruby, muss man aber noch anderes anbieten, um den Hausfrieden wieder herzustellen. Mein Sensibelchen ist sonst ziemlich lange stinkig, weil er den Sinn der Fellpflege nicht wirklich erkennen kann und einen schlecht gelaunten Hund, den will man ja auch nicht zu Hause rum liegen haben. Zeige ich ihm aber, was es alles Leckeres gibt, wenn wir fertig sind, dann bin ich für meinen Hund wieder das beste Frauchen, was er sich wünschen kann. So soll es ja auch sein, denn ist der Hund glücklich und zufrieden, dann freut sich der Mensch.

Fräulein Smilla

Ein Ausflug mit Folgen, Ruby ist wieder mal tierisch verliebt. Es war ein schöner Sommertag also packten wir die Taschen und ab nach Hamburg an den Elbstrand.

Vorher müssen wir aber wieder in Rubys Lieblingsladen und eine extra Portion frische Fleisch-stangen besorgen, die er so sehr liebt, versprochen ist versprochen.

Kaum im Laden angekommen, stellt Ruby seine Monsterpranken auf die Ablage und seine Augen gleiten hinter der Glasscheibe durch die vielen verschiedenen Futternäpfe. Seine Nase streckt sich in Himmelsrichtung und wird an der Scheibe platt gedrückt, so herrlich duftet es in seinem Hundeparadies. Der Speichel floss wie Starkregen, aber was soll ein Hund sich denn aussuchen, die Auswahl ist riesig groß. Ruby schnorrt sich erstmal durch die gesamte Frischfleisch Abteilung, obwohl er das ja sonst nicht so mag und Gekochtes mehr nach sei

nem Geschmack ist. Da noch viele andere Hunde im Laden waren, schmeckte es eben doch gut. Bevor ein anderer Hund das bekommt, frisst Ruby sogar frischen Pansen, den er zu Hause sicher nicht mal angucken würde. In Hamburg schmeckt es eben alles besser. Satt und zufrieden mit vollen Einkaufstüten machen wir uns auf den Weg zum Elbstrand. Kaum angekommen ist mein Hund von Welt auch gleich wieder in seinem Element.

Mein Strandcasanova eroberte auch in Hamburg gleich wieder die Herzen der Felldamen in Sturm, wären da nicht auch noch andere Rüden, die den Obermacho spielen, was heißen soll: 'Was willst du denn hier, das ist mein Revier also verzieh dich und mach dich vom Acker.' Ich habe noch nie gesehen, dass mein Hund sich so stolz präsentierte, denn er wirkte viel größer als er eigentlich ist, und plusterte sich so in Position, dass die anderen Rüden schnell das Weite suchten.

Das freute Ruby sehr und wieder hatte er erreicht, was er wollte. Die Felldamen am Strand interessierten sich nur noch für ihn und das gefiel meinem Hund natürlich richtig gut. Lange dauerte seine Eroberung nicht, denn schnell kam eine blonde Fellnase auf ihn zugestürmt, und eroberte sein Herz in Windeseile. Sie war blond, groß aber auch sehr elegant, und hatte lustige Löckchen im Fell und das schien Ruby gut zu gefallen. Das zeigte mir wieder mal, mein Hund hat einen guten Geschmack. Aber irgendetwas war diesmal anders, denn Ruby interessierte sich nicht nur für ihr Hinterteil, sondern mehr für ihre Nase. Küssen war angesagt, er wollte gar nicht aufhören ihre Nase abzuschlabbern und ihr Fell zu belecken.

Ruby, du wirst doch wohl nicht krank sein? Nix mit hintendran wie sonst, das hat ihn gar nicht interessiert. Ruby schlabberte ihr mitten durchs Gesicht von links nach rechts und wieder zurück, aber es schien ihr zu gefallen. Dann fingen sie an durch den Sand zu rennen und zu spielen, und als sie vom Toben völlig erledigt waren, legten sie sich ganz dicht nebeneinander in den warmen Sand, und schauten dem wilden Treiben der vielen Hunde zu. Wie sollte ich meinen verliebten Hund erklären, dass wir gleich wieder nach Hause fahren müssen und er seine Herzdame zurücklassen muss? Auch, dass es mit großer Wahrscheinlichkeit kein Wiedersehen geben wird, werde ich Ruby lieber nicht erzählen. Ich unterhielt mich derweil sehr nett mit der Halterin und erfuhr, dass die kleine Smilla hieß, der Vater, ein Labrador und die Mutter ein Pudel ist, also ein Labradoodel. Dass Smilla vier Jahre alt ist und in Hamburg an der Elbe lebt.

Da wir aber an der Ostsee wohnen, können wir nicht so oft zum Rendevouz nach Hamburg fahren, um seine neue Freundin zu besuchen. Es war ein sehr warmes und herzliches Gefühl die Zwei zu beobachten und es brach mir fast das Herz, sie zu trennen. Die Zwei schienen sich wirklich verliebt zu haben.

Der Zeitpunkt kam, und ich musste meinen Hund an die Leine nehmen, weil Ruby keinen Schritt freiwillig von ihrer Seite wich. Ich wollte nach einem langen Tag aber auch mal nach Hause und wir hatten ja auch noch etwas Autofahrt vor uns bis an die Ostsee. Der Weg vom Strand bis zum Auto dauerte geschlagene zwanzig Minuten, weil mein Hund, sich alle zwei Sekunden nach seiner neu gefundenen Freundin umdrehte und sich fast den Hals verrenkte und nicht mit wollte. Es ist nicht leicht einen verliebten Hund davon zu überzeugen, mal geradeaus zu laufen, ohne dass ich ihn hinter mir herziehen musste. Fräulein Smilla saß wie angewurzelt im Sand und schaute uns traurig hinterher.

Ich als Halter eines verliebten Hundes hatte ein Problem und ein weiches Herz. So kannten wir unsere Hunde beide nicht und beschlossen unsere Telefonnummern auszutauschen, um in Kontakt zu bleiben, damit wir uns mal wieder treffen können, um unseren Hunden eine große Freude zu bereiten. Ich wusste auch gar nicht, dass Ruby eine Felldame fürs Leben sucht, wo er doch sonst mehr auf die schnelle Nummer steht. Unsere neue Bekanntschaft brachte uns zum Auto und so hatten unsere beiden wenigstens noch ein paar gemeinsame Minuten zusammen verbracht, und konnten noch etwas Nasenpflege betreiben. Dann ging es los und Rubys Blick als wir losfuhren war so traurig, dass ich fast weinen musste. Smilla und Ruby sahen sich so lange an, bis wir um die Ecke bogen und sie sich nicht mehr sehen konnten. Erst dann konnte ich Rubys Gesicht wieder im Rückspiegel sehen und ein glücklicher Hund sieht anders aus. Es tat mir in der Seele weh aber es ging nicht anders.

Ich kann ja nicht wegen der Hundeliebe wieder nach Hamburg ziehen, oder doch? Ich habe meinen Hund fest versprochen, dass wir in diesem Jahr wieder nach Hamburg fahren und seine Freundin besuchen. Auch Smilla will uns an der Ostsee besuchen kommen denn es hat sich zwischen uns eine nette Freundschaft entwickelt.

Was für eine rührende Geschichte denn die Liebe auf den ersten Blick, die gibt es scheinbar wirklich, auch bei unseren Hunden!

Mein Amor auf 4 Pfoten

Wo bleibt Frauchen denn wieder, ich habe hier auf der Hundewiese einen tollen Typen für sie angebaggert und nicht nur das, er hatte auch noch eine rassige Felldame an der Leine, die großes Interesse an mir hat. Wenn sich unsere Halter auch noch gut verstehen, dann kann ich in Ruhe mit der Kleinen anbändeln. Als Frauchen sah, dass ich wie wild die Fellnase posierte, kam sie sofort schnellen Schrittes angelaufen und nahm mich an die Leine. Allerdings hatten sich nach der stürmischen Begrüßung, unsere Leinen so vertüdelt, dass unsere Menschen ins Gespräch kommen mussten, ob sie wollten oder nicht.

Frauchen war das wieder Mal sehr unangenehm, dass ich so einen Leinensalat veranstaltete, um die volle Aufmerksamkeit auf mich zu lenken.

Ich hatte wieder, was ich wollte, es ging wie meisten alles nur um mich. "Wie alt ist denn Ihr Hund", flötete das männliche Gegenüber, "der ist ja niedlich, ist das ein Bernersennenhund?"

Frauchens Laune war dahin. Wer nicht mal einen Australian Shepherd von einem Bernersennenhund unterscheiden kann, der hat auch nicht viel Ahnung von Hunderassen konnte man auf Ihrer Stirn lesen. Guten Tag, das ist der Ruby, ein sechseinhalbjähriger Australian Shepherd, ein Hütehund und mein Sonnenschein auf 4 weißen Socken. Das Männliche gegenüber runzelte die Stirn und fragte, ob wir ein Stück zusammen laufen wollen und das sein Hund ein Mischling aus allen Rassen wäre, und er die Kleine vor dem Tierheim gerettet hatte. Das machte den Retter doch noch sehr sympathisch und so liefen wir ein Stück in dieselbe Richtung. Was er aber nicht erwähnte, dass er eine sehr eifersüchtige Frau hatte, die wie von einer Tarantel gestochen auf uns zugestürmt kam, um ihren Mann an die Hand zu nehmen und im gleichen Moment fragte, wer ich denn sei, und woher ich ihren Mann kennen würde?

Ich stellte mich und meinen Hund kurz vor, und bevor ich weiter antworten konnte, zogen sie schnell in die andere Richtung. Da Ruby aber so schnell nicht aufgibt und die Dame nicht schnell genug das Weite suchen konnte, musste ich noch etwas hinter ihnen herlaufen. Sie vergaßen zu Berichten, das ihr Hund kurz vor der Läufigkeit stand und ich jetzt das Problem hatte, meinen triebgesteuerten Hund wieder an die Leine zu bekommen. Den zarten Ton aus meiner Pfeife wollte Ruby nicht hören.

Meine Wut stieg unaufhaltsam und das Pfeifen wurde immer lauter und eindringlicher als sich mein Hund endlich auf die Socken machte, doch noch zurückzukommen. Mal auf die Idee stehen zu bleiben, sind die Herrschaften ja leider nicht gekommen. Ich war total stolz und froh, dass ich mich doch auf meinen Hund verlassen kann, denn nicht jeder Hundehalter ist so freundlich und wartet, bis man seinen liebeskranken Hund wieder eingefangen hat.

Lieber Ruby, das nächste Mal solltest du beim Amor spielen bitte nicht nur das Herrchen nach der Felldame aussuchen die dir gut gefällt denn ein Herrchen mit einer Frau an der Hand, können wir wirklich nicht gebrauchen. Aber danke Ruby, dass du es immer wieder mal versuchst, den Amor auf 4 Pfoten zu spielen!

Der perfekte Hund?

Wir Menschen werden immer umtriebiger und übertragen das auch sehr gerne auf unsere Hunde. Kaum zu Hause angekommen, hetzt man schon wieder aus dem Haus. Viele Halter gehen zum Sport und der Hund muss mit, ob er Lust hat oder nicht, denn Hundesport ist groß angesagt. Würde der Hund mal selbst entscheiden können, würde er vielleicht viel lieber nur gemütlich spazieren gehen als täglich die Hundeschule oder den Hundesportplatz zu besuchen. Heute zählt die Leistung, auch bei unseren Hunden und das finde ich sehr schade.

Ein Hund döst zwölf bis sechzehn Stunden am Tag vor sich hin. Er ist glücklich und zufrieden, wenn sein Halter ihm ausreichend Freigang, Futter, Streicheleinheiten und etwas Abwechslung bietet und ihn nicht täglich zum Sportplatz drängt, wo er Leistung zeigen muss, ob er will oder nicht. Ein Hund braucht kein „Rundum- Beschäftigungsprogramm."

Ruby und ich machen auch etwas Sport und Tricks, wenn wir beide Lust dazu haben. Bei uns ist es kein Pflichtprogramm, sondern wird nur gemacht, wenn wir das beide möchten und so muss es auch sein.

Wir machen im Wald Baum Agility oder kleine Sprünge, die ich im Garten aufstelle. Die Sprünge werden zwischen dem toben im Garten immer wieder mal zur Abwechslung mit eingebaut. Der Mensch meint immer der Hund braucht den ganzen Tag Aktion das ist aber nicht so. Ein Hund braucht Ruhe und einen geregelten Tagesablauf und möchte das Gefühl haben, geliebt und verstanden zu werden. Er möchte seinem Halter gefallen und ihm ein vollwertiges Familienmitglied sein mit allen Privilegien, die er sich mit der Zeit erarbeitet hat. Ein Hund ist ein Hund und keine Sportmaschine und das soll er auch bleiben dürfen.

Kein Hund würde freiwillig täglich zum Hundesport oder auf Ausstellungen gehen, wenn er gefragt werden könnte. Viele Hunde wirken traurig und überfordert, oft sogar depressiv. Auch Hunde können Depressionen bekommen. Der Hund soll funktionieren und täglich neue Dinge lernen, weil wir es so wollen. Der Hund wird mit Stolz geschwellter Brust präsentiert und vorgestellt denn wir Menschen freuen uns, wenn die Nachbarn und Freunde unseren Hund toll finden.

Will der Hund das auch, ist ihm das wirklich wichtig? Ein Hund verlangt nicht viel von uns, aber warum verlangen wir so viel von unseren Hunden? Es gibt eine über und Unterforderung bei Hunden und man sollte immer darauf achten, ein gesundes Mittelmaß zu finden, damit der Hund mit seinem Halter ein glückliches Hundeleben führen kann. Ich freue mich auch, wenn andere meinen Hund toll finden aber wenn nicht, dann ist es mir auch egal. Für mich wird mein Hund immer der tollste Hund der Welt sein, und so soll es ja auch sein!

Auch ältere Hunde brauchen eine Chance!

Wer wünscht sich das nicht, der Hund sollte jung, freundlich, verspielt, anpassungsfähig, verschmust, gelehrig, ausgeglichen und möglichst intelligent sein. Das Haus bewachen, aber bellen sollte er nicht wegen der Nachbarn. Viele Menschen suchen den perfekten Hund, der nur positive und keine negativen Eigenschaften mitbringen sollte.

Der ideale Hund also und gibt es den überhaupt? Wer genau so einen Hund sucht, der sollte sich besser in der Spielwaren Abteilung umsehen, denn ein Hund ist ein Tier mit einem eigenen Charakter. Ein Individuum, eine eigene Persönlichkeit mit selbstständigem Handeln, wie wir Menschen auch. Ein Hund ist kein Stofftier, was man wieder abschieben kann, weil es nicht so funktioniert, wie wir es uns erhofft hatten. Gerade auch ältere Hunde warten oft jahrelang voller Verzweiflung auf liebevolle Halter, die ihm noch ein paar schöne Jahre mit viel Liebe, Zeit und Fürsorge schenken möchten.

Jedes Tier hat eine Chance verdient, egal wie alt es ist. Ich verstehe überhaupt nicht, warum viele Menschen nur junge Hunde aufnehmen möchten, denn ein älteres Tier bei sich aufzunehmen, ist eine Herzensangelegenheit, die sehr glücklich machen kann. Sehr viele ältere Tiere landen in Tierheimen, weil der Halter verstorben ist oder sich nicht mehr kümmern kann, oder will und die Lust an seinem Tier verloren hat, was wirklich sehr traurig ist und für viele andere Tierarten genauso traurig ist. Kein Hund kann es verstehen, warum er abgeschoben wurde und sein Halter nicht mehr für ihn da ist. Er hat nicht nur sein zu Hause verloren, sondern auch seine Bezugsperson. Das ist gerade für ältere Hunde oft sehr schwer zu verarbeiten.

Manche Hunde leiden schrecklich und ziehen sich oft völlig zurück, und nehmen kaum noch am Leben teil und das darf und muss nicht sein. Auch wir Menschen werden älter und haben leider nicht die ewige Jugend gepachtet und möchten auch nicht abgeschoben werden und das nur, weil wir älter und nicht mehr so rüstig sind. Der Mensch muss umdenken denn wir und auch unsere Haustiere, werden immer älter und brauchen einen schönen Platz, wo sie gemeinsam mit ihrem Halter alt werden können. Auch wir freuen uns darüber, wenn sich noch jemand für uns im Alter interessiert und ein paar schöne gemeinsame Jahre mit uns zusammen verbringen möchte. Dem Hund geht es auch nicht anders. Ich wünsche mir für die Zukunft, Mehr-Generationshäuser, wo junge und ältere Menschen mit ihren Tieren gemeinsam alt werden können. Sich gegenseitig unterstützen und füreinander da sind. Das wird hoffentlich bald die Zukunft sein denn nur gemeinsam sind wir stark und können in Frieden miteinander leben. Von Herz zu Herz und Hand in Hand, das wünsche ich mir im Alter.

Was mir persönlich sehr am Herzen liegt

ist das ein zukünftiger Hundehalter, sich vor der Anschaffung eines Hundes, das zählt allerdings für alle Tiere, sich genauestens über die Rasse, die Herkunft, über die Haltung und auch über die Kosten, die ein Hund mit sich bringt, informiert. Wie alt bin ich, wie alt sollte der Hund sein? Was kann und will ich dem Hund bieten?

Was kann ich mir leisten, wenn der Hund mal krank und alt ist? Für ältere Menschen ist auch ein älterer Hund anzuraten, der nicht mehr ganz so anspruchsvoll ist. Ein Hund, der mehr die Ruhe und Gemütlichkeit sucht als ein ganz junger Hund, der noch viele lernen muss und der die tägliche Abwechslung sucht und lange Spaziergänge braucht, um ein glücklicher Hund zu sein. Ein Hund, der das Leben mit seinem neuen Halter auch gerne mal mit Streicheleinheiten auf dem Sofa genießt und nicht mehr täglich Aktion braucht. Der Hund und der Halter müssen zusammenpassen und erstmal zusammenwachsen, um gemeinsam glücklich zu werden. Darum ist es sehr wichtig, sich vor der Anschaffung über alles genauestens zu informieren, damit die Freundschaft ein Leben lang hält und noch weit darüber hinaus. Auch ein Tier hat nur ein Leben und jedes Tier hat das Recht auf ein schönes Leben. Behandele ein Tier immer so gut, wie Du auch behandelt werden möchtest, wenn Du als Tier wiedergeboren würdest und sei immer gut zu den Tieren denn sie sind unsere besten und treuesten Freunde. Füge niemals einem Tier Schmerzen zu, denn sie fühlen den Schmerz genauso wie Du!

Es ist auch ratsam den Hund vorher im Tierheim/Tierschutz kennenzulernen und ihn öfters zu besuchen und auszuführen denn so kann man vor der Anschaffung sehen, ob es der richtige Hund für einen ist und ob man zusammenpasst. Auch der Hund muss den Menschen mögen, wo er künftig leben muss. Ein Tier kann sich leider nicht selbst aussuchen, wo er leben muss und wichtig ist doch, dass sich beide wohlfühlen.

Die Gedanken daran, meinen Hund irgendwann nicht mehr zu haben, bricht mir das Herz. Wir sind mit den Jahren so eng zusammengewachsen, dass ich mir ein Leben ohne Ruby nur sehr schwer vorstellen kann. Es ist eine bedingungslose Freundschaft und das macht eine gute Mensch-Hund

Beziehung auch aus. Wir können uns immer aufeinander verlassen und gehen gemeinsam durch dick und dünn. Ich liebe meinen Hund und würde alles für ihn tun!

Mein Aussie der ist lustig, mein Aussie der ist schlau

Was habe ich doch für einen superschlauen Hund. Ich habe Ruby mal angewöhnt, wenn er morgens sein großes Geschäft macht, bekommt er ein kleines Leckerchen von mir. Sicher werden Sie sich jetzt fragen, was das soll? Alles, was ich mache hat, auch einen Sinn. Wenn ich morgens sehr früh arbeiten muss und mein Hund sich noch nicht seiner Dringlichkeit entledigt hat, dann kann ich nicht in Ruhe arbeiten, weil ich immer denke, der arme Hund muss bestimmt mal. Darum gibt Ruby sich immer große Mühe sein Geschäft gleich in der Früh zu erledigen. Oft schummelt mein Hund aber auch und hebt das Bein kurz an und macht aber kein Pipi und will trotzdem was haben. Ich sehe ganz genau ob er was gemacht hat, denn sein Gesichtsausdruck verrät mir, ob er schummelt oder nicht.

Da Ruby aber nicht blöd ist, macht er sein Geschäft möglichst nicht auf einmal, sonder in zwei bis drei

Sitzungen, weil er hofft, dann auch zwei bis drei Leckerlis zu bekommen. Das Ganze verteilt sich dann möglichst auch auf zweimal am Tag und so kommt ja auch einiges an Leckerlis zusammen. Mein frecher Racker, er ist superschlau und denkt wohl ich merke das nicht, warum er immer so oft pupsen gehen will. Aber sicher nicht mit mir.

Oft bekommt Ruby auch noch etwas von meinem Frühstück ab, auch Rührei mit Brötchen bekommt er öfters, und wenn er dann noch nicht satt ist, holt er schnell seine Leine was mir sagen soll, ich möchte noch einen Nachtisch und den bekomme ich ja nur, wenn ich mein Geschäft erledigt habe. Was für ein schlauer Hund, und das klappt ja auch immer prima mit der Belohnung danach. Ich habe es ihm angewöhnt und wenn er sich schon so bemüht sein Geschäft zu erledigen, auch wenn er eigentlich gar nicht muss, dann hat er sich seine Belohnung ja auch redlich verdient.

Zwangshandlungen

Erwähnte ich schon, dass ich unter Zwängen leide? Ich habe eine Zwangsstörung, die sich wie folgt beschreiben lässt: Ich verspüre den täglichen Zwang, meinen Hund zu streicheln und mit den Fingern durchs Fell zu wühlen, bis er wie ein explodierter

Teddybär aussieht, um ihn gleich danach an den Lefzen zu ziehen, bis er lacht. Oft drücke ich meinen Hund so doll an mich, dass er nach Luft schnappen muss, so albern wir zusammen rum. Ich kitzele Ruby an seinem dicken Bauch, bis er sich auf den Rücken schmeißt. Ich verspüre den Drang, wenn er in Rückenlage auf dem Sofa lümmelt, seinen dicken Bauch zu massieren das sieht zum Pipen aus. Wenn Ruby dann seinen hypnotischen Bettelblick auflegt und dabei die Mundwinkel anhebt dann kommt auch schon mal der Futterzwang bei mir durch, denn Rubys Augenrollen kann wirklich keiner widerstehen. Wer einen Hund hat, der wird auch unter vielen Zwängen leiden, aber diese Zwänge, die lebe ich sehr gerne mit meinem Hund aus. Ich denke auch, dass es wesentlich schlimmere Zwänge gibt, als mit seinem Hund rum zu albern und Spaß zu haben.

Rubys kleine Märchenstunde und sein Personal auf zwei Beinen

Was habe ich mich über eine Einladung für ein paar Tage nach Spanien zu fliegen gefreut. Wäre da nicht ein Problem, und das heißt Ruby. Eine Freundin aus Hamburg könnte Einzug nehmen, während ich mir die Sonne am Pool auf den Bauch scheinen lasse. Aber nichts, da habe ich die Rechnung wieder ohne meinen verwöhnten Hund gemacht.

Nicht, dass die Freundin Ruby nicht kennen würde, aber das war selbst ihr zu viel, mit dem verwöhnten Racker. Ich schrieb eine Liste, die sich über mehrere Seiten hinzog, was alles zu beachten ist, wenn Frauchen mal für ein paar Tage, das Haus verlassen will.

Da ich ja, wie bereits bekannt ist, ein sehr verwöhnter Hund bin, müsste mein Frauchen, wenn sie ohne mich verreisen möchte, so allerhand Vorsorge treffen, bevor sie ohne mich das Haus verlassen kann. Einen Hund wie mich den schiebt man ja nicht mal eben in eine Tierpension ab, um sich ein paar flotte Tage in Spanien zu machen. Ein Hund von Welt, der braucht sein Personal. Ich habe meinen geregelten Tagesablauf und der darf auch nicht durcheinandergeraten, sagt mein Frauchen.

Mir wäre das allerdings völlig egal, Hauptsache ich habe mein Sofa, das Bett und genug zum Fressen. Müsste ich in eine Tierpension, hätte ich kein Bett und kein Sofa, wo ich tagsüber drauf lümmeln, könnte, sondern müsste mir ein kleines Zimmer mit anderen Hunden teilen und das ist sicher nichts für mich. Es muss gekocht werden, denn das sind Rituale, die seit Jahren bei uns praktiziert werden. Ich soll so artgerecht leben, wie möglich. Wir Hunde leben völlig frei von Vermenschlichung, jedenfalls denken das viele Halter. Das alles geht schon mit meinem Frühstück los.

Ich liebe es, wenn es zwischendurch auch mal Rührei mit Schinken oder ein Leberwurst Brötchen für mich gibt. Einem Pascha wie mir, dem setzt man nicht ein Fertiggericht vor die Nase. Das wird dann schnell unter den Sessel oder unter das Sofa geschoben, das rühre ich nicht an und das mache ich auch nicht mit. Ich mache nach dem reichhaltigen Frühstück gerne einen auf faule Socke und lasse mir die Wampe kraulen und das regt die Verdauung an, und zwar sofort. Dann muss ich schnell los und eine schöne Runde drehen, um mich zu entleeren. Nach der anstrengenden Morgenrunde erwarte ich eine schmackhafte Leckerei aus getrockneter Rinderlunge oder Straußenfleisch, bevor ich mich dann noch eine Runde aufs Ohr haue.

Wenn ich ausgeschlafen habe, wird mein Pelz gebürstet und in Hochform gebracht, denn ich will immer der schickste Hund im Dorf sein und mein Fell muss glänzen wie Speck in der Sonne meint Frauchen. Das Ganze wird fünfmal die Woche praktiziert. Mir als Hund ist das zu viel, aber es gibt ja danach immer eine tolle Belohnung und darum lasse ich es über mich ergehen.

Im Sommer liege ich danach gerne faul im Garten und habe gegen eine Körpermassage auch nichts einzuwenden. Sehr gerne darf auch etwas leise Musik im Hintergrund ertönen, aber etwas zur Beruhigung, damit ich mich entspannen kann, denn Stress habe ich als Hund ja wirklich schon genug. Danach, wenn ich völlig entspannt bin, gehe ich aufs Sofa und freue mich darüber, wenn meine Schnuffeldecke schon bereitliegt und ich an den Ecken nuckeln kann, bis mir die Augen vor Müdigkeit zufallen.

Sehr gerne bin ich dann mal etwas für mich alleine,

ich brauche auch mal meine Ruhe und mag es nicht, wenn jemand den ganzen Tag um mich rum ist und mich beobachtet. Am Nachmittag ist Spielen angesagt, ich erwarte Aktion und am liebsten bestimme ich auch, was gespielt wird.

Wenn ich es nicht bestimmen darf, dann ignoriere ich das Spielen und gucke in die andere Richtung dann wird Frauchen schon wissen, das ich keine Lust auf das Spiel habe und wir machen etwas anderes. Ich bin ausgeschlafen und fit wie ein Turnschuh nach dem langen Mittagsschlaf, da darf das Spielen schon etwas spannender sein. Auch die Aufschieberitis von wegen das spielen wir morgen Ruby, mag ich gar nicht.

Mein Personal sollte nach dem ausgiebigen Frisbee spielen noch ein paar Haushaltsaufgaben erledigen, allerdings ohne mich. Das Wäschemachen und Aufräumen lassen wir einfach mal weg denn das muss ich schon mit Frauchen immer machen. Was macht ein Hund nicht alles mit für die Harmonie im Haus.

Am späten Nachmittag schaue ich gerne mal eine tierische DVD an. Am liebsten mag ich Hasen oder Schafsfilme gucken, dann kommt der Hütehund in mir durch und ich drücke mir die Nase am Bildschirm platt und versuche die Hasen zu verjagen. Ich treibe die Schafe zusammen und singe in den höchsten Tönen. Mein Köpfchen geht hin und her und nach der Arbeit bin ich völlig erledigt und erwarte dann auch bald mein Abendbrot.

Selbstverständlich sollte mein Personal auch kochen können, nicht, dass ich völlig ausgemergelt bin, wenn Frauchen nach ein paar Tagen zurück ist, weil das Fressen nicht artgerecht zubereitet werden konnte wegen der fehlenden Kochkünste. Am liebsten verspeise ich gekochte Hühnerherzen oder frischen Fisch in einer Biogemüse Brühe mit buntem Gemüse auf Naturreis oder mit Kartoffeln serviert.

Nicht zu leugnen ist auch, dass ich die leckeren kleinen Mini-Würstchen von Oma Katze auf meinem Trockenfutter liebe. Wenn das Wurstwasser noch mein Trockenfutter trifft, dann ist das Fressen perfekt für mich und wird sicher nicht verschmäht.

Sollte mein Personal noch etwas Zeit zwischen dem Kochen, der Fellpflege, den langen Spaziergängen, Massagen und dem Spielen und Kuscheln für mich haben, dann würde ich mich sehr über selbstgebackene Hundekekse freuen. Ich liebe die Kekse, die mein Frauchen für mich backt. Besonders liebe ich die in Hasen oder Katzenform denn Katzen habe ich nur zum Fressen gern.

Wenn mein Ferienpersonal nicht überfordert ist mit meinem Tagesablauf, dann steht dem Urlaub von Frauchen nichts mehr im Wege. Allerdings ist es meiner Freundin doch etwas zu viel mit meinem verwöhnten Racker und so bleibe ich doch lieber zu Hause. Was brauche ich Urlaub, ich habe doch Ruby!

Mein Name ist Ruby, Ruby K ...

Jeder Hund braucht einen Namen, aber das sollte ja eigentlich nicht so schwer sein, einen schönen Namen für seinen Hund zu finden. Der Hundename muss ja nicht zwangsläufig zum Nachnamen des Halters passen oder vielleicht doch?

Wonach suchen wir die Namen unserer Hunde eigentlich aus, nach dem Aussehen, der Rasse, oder nach dem Anfangsbuchstaben der Eltern oder einfach nur nach unserem Bauchgefühl?

Lustige Mischlinge gleich lustige Namen, große Hunde schwere Namen, kleine Hunde zarte Namen? Früher kannte ich nur Hunde vom Bauernhof oder in Pferdeställen, die Hector oder Hasso hießen aber die Zeiten sind zum Glück vorbei. Heute sind unsere Hunde Familienmitglieder und haben klangvollere Namen, die wir auch unseren Kindern geben würden und die oft sogar auch noch zum Nachnamen passen. Bewachten früher viele Hunde das Haus oder den Hof, erklimmen sie heute oft die heimische Sofahochburg und sind voll im Familienleben intrigiert und der beste Freund des Menschen. Stolz rufen die Halter ihre Hunde, und wenn man jetzt denkt, dass Wolfgang oder Chantal Kinder sind, die auf einen zu gerannt kommen, dann hat man sich geirrt.

Der Mensch freut sich, wenn sich alle anderen umdrehen, wenn der niedliche Name seines Vierbeiners erklingt. Wenn fremde Menschen sagen, der Hund ist aber hübsch und dieser niedliche Name!

Ich habe Rubys Namen ganz nach meinem Geschmack ausgesucht, egal, dass eigentlich mehr das weibliche Geschlecht diesen seltenen Namen trägt. Hauptsache er gefällt mir, und mein Hund hört auf seinen Namen.

Der Name Ruby, kommt aus dem Englischen, er ist durch Konversion aus dem Wort „Ruby" in Englisch der Edelstein, entstanden und kam Ende des 19. Jahrhunderts in Mode und da Ruby für mich wertvoller als jeder Edelstein ist, kam ich auf die Idee, meinem Hund diesen schönen Namen zu geben. Also Augen auf bei der Namensfindung, denn man sollte den Namen seines Hundes so aussuchen, dass er zu allen Nachnahmen passt. Man weiß ja nie, ob es für immer bei diesem Nachnamen bleibt, den der Hund jetzt gerade trägt!

Wo bitte, geht es hier nach Hollywood?

Frauchen meint, dass meine frechen Geschichten so langsam filmreif sind, ich in der Hauptrolle und sie mein Regisseur. Was braucht ein Hund für Hollywood? Es gibt nichts, was ich nicht kann, sondern nur was, was ich nicht will! Es wird ein Scheriff auf

4 Pfoten gesucht, kein Problem für einen Hund wie mich, das mache ich doch mit einer Pfote. Ich soll Gangster stellen, genau mein Ding. Wenn Frauchen dann noch mit einer saftigen Rinderroulade vorweg läuft, dann sieht es auch echt aus, wie ich die Spur aufnehme. Ich schnüffele mir die Nase blutig, bis ich bei der duftenden Rinderroulade angekommen bin. Dann falle ich über den Gangster her es sei denn, Frauchen hat vergessen, ihn meine Roulade in die Hosentasche zu stecken und ich laufe an ihm vorbei. Noch besser ist es, wenn der Gangster mit Rollerblades oder einem Skateboard an mir vorbei fährt. Dann gibt es für mich kein halten mehr und ich verfolge ihn, bis ich ihn gestellt habe und das ganz ohne eine saftige Rinderroulade. Ich hasse diese fiesen Dinger, seit mir Kinder damit über meine Babymonsterpfoten gefahren sind und mir meine blutende Pfote tagelang Schmerzen bereitet hatte.

Ich könnte im Film auch mal etwas observieren, das mache ich mit meinem Futter auch immer vor allem, wenn ich die Hoffnung habe, das Frauchen mir noch etwas anderes in den Napf füllt. Wenn ich mein Futter nicht mag, dann starre ich es so lange an aber angerührt wird es nicht. Auch einen Film mit einer schicken Hündin könnte ich mir vorstellen. Wir würden uns jährlich vermehren und eine große Hundefamilie gründen und Frauchen wäre unser Personal auf zwei Beinen. Da ist es wieder das Problem mit dem Selbstentscheiden, denn alles ist leider wieder nur eine Illusion die sich in meinem kleinen Hundhirn abspielt und wird wohl nie in Erfüllung gehen, oder vielleicht doch?

Frauchen und ich haben schon viele Hundefilme zusammen angesehen und lustig waren die meisten wirklich nicht, da wären meine Geschichten sicher witziger meint mein Frauchen!

Ist Ruby schon senil?

Hatten wir nicht mal gelernt, dass man nicht am Tisch bettelt, das keine Turnschuhe mehr sein eigen genannt werden und keine Zeitungen vor dem Lesen mehr zerfleddert werden? Du hattest ja früher schon ein Faible für meine Turnschuhe, aber da warst du noch ein Welpe! Jetzt bist du ein erwachsener Hund und liebe Hunde tun so etwas kindisches nicht mehr. Ist denn alles weg bei meinem Hund, oder bist du schon etwas senil und hast deine gute Schule vergessen Ruby? Interessiert es dich nicht mehr was ich sage, oder hat es dich nie interessiert, und ich habe es verdrängt und wohlmöglich gar nicht bemerkt?

Du warst doch früher immer so stolz und angeberisch und wolltest jedem zeigen, was du alles kannst, auch wenn es keiner sehen wollte, hast du Kunststücke vorgeführt, in der Hoffnung, es fällt etwas Leckeres für dich dabei ab. Geradezu geprotzt hast du mit deinem Können und deiner Machoart alles an dich zu reißen, um im Mittelpunkt des Geschehens zu stehen, damit dich ja keiner übersieht, und es sich wieder statt um mich alles nur um dich dreht. Es scheint alles vergessen, was wir gelernt haben. Die Schuhe werden wieder wie früher im Garten versteckt und für die Zeitung wird schon am Wegesrand nach einer geeigneten Stelle zum verbuddeln gesucht, statt sie wie sonst zu Oma Katze nach Hause zu tragen. Ich hoffe, mein Hund entwickelt sich nicht wieder auf dem geistigen Stand eines Welpen zurück und wir müssen noch mal die Welpenspielstunde besuchen. Kann es auch passieren, dass die jahrelange Intelligenz auf die Ohren schlägt, oder warum mag Ruby es nicht, wenn ich mich etwas lauter mit ihm unterhalte, wenn ich sauer auf ihn bin?

Ich dachte ich sehe nicht richtig, als sich mein Hund während unserer Kommunikation, seine linke Pfote aufs Ohr haute und brummte wie ein Bär, was mir wohl vermitteln sollte, dass es ihn überhaupt nicht interessiert, was ich sage und er jetzt gerne seine Ruhe haben möchte. Der Blick meines extrovertierten Kaniden sollte mir zeigen, dass er sehr gut hören kann, wenn er will.

Jetzt soll ich auch noch auf die Zimmerlautstärke achten, weil es für meinen Hund zu laut in den Ohren klingt, wenn ich sauer auf ihn bin? Das wird ja immer besser. Soll ich meinen armen Hund lieber nur noch im Flüsterton ansprechen, nicht dass er es sich sonst noch zu Herzen nimmt und zusammenbricht, weil er so sensibel ist. Soll ich dich vielleicht gar nicht mehr anmeckern, wenn du wieder was verbockt hast? Das könnte dir so passen, brauchst gar nicht den Leidigen raushängen zu lassen und die Memme kannst du woanders spielen. So sensibel, wie du immer tust, wenn ich mal etwas sage, was du nicht hören willst, bist du nämlich gar nicht. Wer hat denn hier das Luxusleben und genießt seine Privilegien, das bist doch wohl du. Wer bringt mir mal das Essen an den Tisch, macht den Haushalt und den Garten?

Das bin doch wohl ich, während du faul auf dem Sofa liegst, oder frech deine Nase in den Garten raus steckst, um mich heimlich dabei zu beobachten, wie ich mich abrackere. Dann werde ich doch wohl wenigstens noch mal etwas sagen dürfen, wenn mir mal was nicht passt. Du brauchst dir auch nicht das Ohr zuhalten, denn ich weiß, dass du auch auf einem Ohr sehr viel besser hören kannst als ich und Danke Ruby, dass wir uns mal wieder so offen ausgesprochen haben.

Was habe ich doch für einen tollen und rücksichtsvollen Hund, der immer nur an sich denkt.

Enny & Ruby

Der Frühling zieht ein und die Temperaturen steigen langsam an, als die ersten zarten Sonnenstrahlen über mein frisch gewaschenes Fell wehten. Ich döste gemütlich vor mich hin, als das Telefon klingelte und ich hörte, dass wir Tante Trude in Heringsdorf besuchen wollen, was für eine Freude. Der letzte Besuch liegt ja schon etwas länger zurück, und hatte mir sehr viel Spaß bereitet. So viel Aktion an einem Tag habe ich ja auch nicht immer. Die Enten, Hühner und Hasen waren sicher froh, als ich den Hof wieder verlassen hatte. Aber egoistisch, wie ich immer bin, denke ich nur an meinen Spaß. Die Taschen sind gepackt und los geht's zu einem aufregenden Tag an die Ostsee. Wie lange dauert das denn noch, ich muss mal sind wir bald da?

Ich hechelte und fiepte vor Aufregung im Takt als Frauchen mich von vorne anmeckerte, ob es jetzt die ganze Fahrt so bleiben wird mit meinem Gejammer. Von da an war ich beleidigt und würdigte sie keines Blickes mehr, bis wir ankamen. Kaum da, änderte sich meine Laune aber schlagartig zum Guten. Ich sah sie schon am Zaun stehen, unsere Tante Trude und sie ahnte wohl schon, dass ich mich gleich vor lauter Freude auf sie stürzen würde. Sie klammerte sich mit ihren zarten Händen am Zaun fest und wedelte schon mit ihrem Gehstock und meinte, das Frauchen mich bitte an der Leine lassen möchte denn sie hätte Angst, dass ich sie umrenne oder anspringe. Wir wollen ja nicht Schuld daran sein, wenn die gebrochenen Knochen am Wegesrand rum liegen also blieb ich an der Leine. Ich war ja so aufgeregt und stand schon in den Startlöchern.

Ich wollte in den Garten Eden und hatte auch schon einen Plan. Ich hörte sie schon von Weitem schnattern, die wilden Gänse und Enten, aber wo sind denn die Hasen hin? Die Hasen waren heute im Stall und ich durfte dort nicht rein, wie gemein. Tante Trude erzählte Frauchen, das kurz nach unserem Besuch eines der Hasen das Zeitliche gesegnet hatte und sie glaubte, das es meine Schuld war, weil ich den Hasen angebellt habe und der vor Schreck vielleicht umgefallen sein könnte. Jetzt sind es nur noch fünf und so soll es auch bleiben meint Trude.

Frauchen sah mich an und ihr Blick sagte mehr als viele Worte. Brauchst mich gar nicht so angucken, ich war das sicher nicht. So etwas würde ich doch nie tun. Wirklich nicht, ich liebe Hasen vor allem in meinem Napf. Fehlt nur noch, dass die Fische im Teich fehlen, die ich gefressen haben soll. Ich bin froh, wenn es mal keinen Fisch für mich zum Abendbrot geben soll.

Also diesmal wird es nichts mit dem Hasen jagen und den Fischen schwimmen, denn auch hier hatte Tantchen vorgesorgt und einen beweglichen Zaun angebracht. Alles nur, damit ich nicht baden gehe! Der Tag lief anders, als ich es mir erhofft hatte, und schien schrecklich langweilig zu werden, aber oft kommt es anders, als man denkt. Wir wollten gerade ins Haus zum Kaffee trinken, als ich mich mit Schrecken an den alten Kater Heinrich erinnerte, der mich mit seinen fiesen Blicken noch in meinen Träumen verfolgte. Ich stand vor dem Haus und wollte keinen Schritt weiter. Ich hatte mich ja auf einen aufregenden Tag im Garten gefreut, und Katzen haben wir selber zu Hause, dafür brauche ich doch keinen Ausflug zu machen. Der Rebell saß schon hinter der Tür und wartete nur darauf mich zu erschrecken. Ich machte mich ganz klein und das ist sonst ja gar nicht meine Art. Heinrich fauchte mich an und wetze sich schon mal die krallen am Holzstuhl, um mir zu sagen, bleib, wo du bist, und komme mir ja nicht vor die Tatzen. Ich verkroch mich gleich unter Frauchens Stuhl und machte mich ganz klein, damit Heinrich mich nicht sieht. Das funktionierte aber nicht, die Kratzbürste hatte mich immer im Blickfeld, was mir große Angst einjagte. Jedes Mal wenn ich schamhaft einen Blick riskieren wollte, dann fauchte er mich an, wie ein wilder Tiger. Als Opa Hanne rein kam, traute ich mich gar nicht ihn zu begrüßen. Mein kleines Schwänzchen wedelte schnell hin und her, bis ich die Krallen in meiner Rute zu spüren bekam. Ich schrie vor Schreck so laut, das Frauchen die Kuchenteller samt Kaffeetassen vom Tisch riss, um den fauchenden Kater einzufangen und in ein anderes Zimmer zu verfrachten. Jetzt reichte es allen am Tisch mit dem störrischen Kater. Ich schoss blitzschnell unter dem Stuhl hervor, um Opa Hanne zu begrüßen. Der versteht mich und freut sich riesig, wenn ich ihn besuchen komme.

Dass Opa aber auch noch eine große Neuigkeit an der Leine hatte, wusste Frauchen auch nicht. Es sollte eine Überraschung für uns werden und die ist wirklich gelungen. Dann kam sie, die kleine Enny, neun Jahre alt und ein Fell, wie schwarze Seide. Eine Mischung aus allen Rassen, die es gibt, erzählte Opa voller Stolz. Enny setzte ihre schlanken Pfoten in die Richtung meiner Nase, um mich zu begrüßen. Was für ein heißer Feger die kleine Maus und ganz nach meinem Geschmack. Sie hatte krumme und schiefe Dackelbeine und einen Blick zum dahin schmelzen.

Da Kater Heinrich ja in einem anderen Zimmer war, konnten wir um den Tisch toben, was aber auch keinen Anklang bei Trude fand. Wir wurden in den Garten gesetzt und sollten uns dort austoben. Frauchen war gefangen von der kleinen Enny denn sie hatte einen Charme, dem kaum einer widerstehen konnte.

Die Ansage der Hausdame keine Enten zu jagen und nicht am Zaun zu buddeln, um mit den Fischen zu plantschen, hörte sich in meinen Ohren wie Hohn an. Es war ein schöner Sommertag und ich sollte nicht baden? Kaum waren wir alleine im Garten ging es los, wir tobten durch die Hecken und Rosenbeete und fetzten durch den frisch gewachsenen Lavendel, den Trude so sehr liebte. Enny hatte das Temperament einer heißen Südländerin, da kam ich fast nicht hinterher. Leider sah der blühende Lavendel nach einer halben Stunde durch den Garten toben, nicht mehr so frisch aus. Wir pflügten den neu gesäten Rasen von links nach rechts, was Tante Trude jetzt aber nicht so lustig fand. Ein ohrenbetäubender, nicht sehr erfreuter Ton, schallte durch meinen zarten Gehörgang, der uns mitteilen sollte, dass jetzt Schluss mit lustig ist und wir mal zur Ruhe kommen sollten.

Nach dem ordentlichen Anschiss waren wir auch müde und völlig ausgelaugt. Aber vorher hatte ich mich doch noch durch den Zaun gemogelt und mir heimlich ein Bad im Teich gegönnt. Leider blieb das aber auch nicht geheim, denn ich war unübersehbar nass. Wieder mal hatte ich mich durchgesetzt und mir den Tag so gestaltet, wie er mir gefällt.

Ein toller Tag, ich hoffe, dass wir Enny bald wieder besuchen, denn die Jüngsten sind wir zwei ja auch nicht mehr und was gibt es Schöneres, als einen wunderbaren Tag gemeinsam mit einer lieben Freundin zu verbringen!

Schade, dass wir uns nicht schon früher kennengelernt haben aber besser spät als nie!

Die Abwechslung macht's an verregneten und kalten Tagen

Ruby beweist Köpfchen, wir machen Hütchenspiele. Was Sie dazu brauchen, sind drei bis vier Becher die nicht durchsichtig, sondern gerne bunt sein können. Wenn der Hund das Spiel noch nicht kennt, lassen Sie ihn gerne erst einmal neben sich sitzen und legen Sie unter einem Becher ein kleines Leckerli, was er besonders gerne mag.

Wenn der Hund es beobachtet und gesehen hat, wo es unter liegt, sagen Sie „such". Stupst Ihr Hund den richtigen Becher an oder haut ihn mit der Pfote um, loben Sie ihren Hund und geben ihn das Leckerli, was unter dem Becher lag. Berührt Ihr Hund den falschen Becher, dann nehmen Sie den Becher, unter dem das Leckerli versteckt ist, hoch und sagen

„schau" und legen es wieder unter den Becher, aber belohnen ihn nicht. So lernt er, dass es nur etwas gibt, wenn er den richtigen Becher anstupst. Das üben Sie so lange, wie der Hund Lust dazu hat und er verstanden hat, um was es in diesem Spiel geht. Wenn der Hund Erfolg hat und es immer eine tolle Belohnung gibt, wenn er den richtigen Becher anstupst oder hochnimmt, dann wird er schnell verstehen, um was es beim Hütchenspiel geht.

Sie können das Spiel später auch erweitern, indem sie immer mal einen Becher dazu nehmen. Ein bis zwei Becher sollten ohne Leckerlis dazu gestellt werden, sodass nicht unter jedem Becher etwas zu finden ist, denn sonst wäre es zu einfach, und schnell langweilig für den Vierbeiner.

Wer es gerne etwas schwerer mag, der kann auf die Becher Namen oder Zahlen kleben und mit dem Hund üben, den richtigen Becher mit der Zahl oder dem Namen drauf, auf Kommando zu bringen.

Das ist nicht ganz leicht, aber vielen Hunden macht es Spaß mit dem Kopf zu arbeiten und es ist immer eine willkommene Abwechslung im Alltag. Sie können auch Spielsachen in der Wohnung verstecken, die der Hund dann suchen kann.

Es gibt so viele Möglichkeiten, seinen Hund im Haus zu beschäftigen, wenn er Freude daran hat. Was Sie brauchen, ist Spielzeug, Knochen, Stofftiere oder was ihr Hund sonst gerne sucht. Verteilen es im Haus, der Hund macht sich mit Begeisterung auf die Suche denn es gibt ja immer eine tolle Belohnung, wenn er es gefunden hat. Sie können Ihrem

Hund auch beibringen, die Wäsche vom Wäscheständer ab zu nehmen und in den Wäschekorb zu legen, oder Ihnen die Wäsche zu bringen denn so können Sie den Haushalt auch zusammen erledigen. Für die kleineren Hunde kann man auch einen Wäscheständer für Kinder besorgen, dann kommen sie besser an die Wäsche ran.

Wenn der Wäscheständer leer ist, kann der Hund auch den Wäschekorb bringen. Das ist nicht ganz einfach, aber meinem Hund macht das immer sehr viel Spaß, denn er liebt das Gefühl, wieder fleißig im Haushalt mitgeholfen zu haben. Auch unterwegs kann man immer mal etwas fallen lassen, wenn der Hund gerade anderweitig beschäftigt ist und es nicht mitbekommt. Hunde, die Spaß an Suchspielen haben, machen sich mit Argusaugen und Schnüffelnase auf die Suche, um es mit Freude dem Halter zurückzubringen.

Sie sollten den Hund aber vorher mal an dem Spielzeug schnüffeln lassen, was Sie dann zufällig irgendwo fallen lassen, denn so kann der Hund sich am Geruch orientieren, wenn er sich auf die Suche macht. Der Kopf eines Hundes ist nicht nur zum drehen da, sondern möchte auch beschäftigt werden!

„Ein Mensch kann dein Leben bereichern, aber ein Hund wird dein Leben bereichern"

Rubys Lieblingseis

1. Natur Quark oder Joghurt mit Honig (nicht den süßesten Honig nehmen) Erdbeeren, Himbeeren und Brombeeren mischen und pürieren. Dann in kleine Muffin Schälchen oder in einen Kong je nach Größe des Hundes füllen und für ein paar Stunden ins Gefrierfach stellen.

Das Sommereis, wenn es fertig ist, dem Hund als leckere Abwechslung servieren.

2. Eine kleine Banane mit Zwieback und Quark mischen, noch etwas Honig zugeben und kühl oder ins Gefrierfach stellen.

In kleine Schälchen oder in einen Kong füllen, und dem Hund servieren.

Ein tolles Sommereis kann man in vielen verschiedenen Variationen gestalten. Es muss nur darauf geachtet werden, was der Hund fressen darf und was nicht, aber der Fantasien sind sonst keine Grenzen gesetzt denn viele Obstsorten sind gesund und schmecken dem Hund.

„Niemand kann dafür gerügt werden,
einen Hund zu besitzen.
Solange er einen Hund hat,
hat er auch einen Freund"
Will Rogers

Leckeres aus Rubys Backstube:

Für ca. 500 Gr. Möhrchenkekse brauchen Sie:

300 Gr. Dinkel oder Vollkornmehl, 80 Gr. Kokosflocken 250 Gr. Möhrchen aus dem Bioladen, 125 Gr. Magerquark, 2 Eier aus der Freilandhaltung.

2 EL Honig, 50 ml Distelöl, 1-2 kleine Möhren fein raspeln und sofort mit dem Distelöl vermengen.

2. Mehl und Kokosflocken vermischen und die Möhrenöl Mischung unterheben

3.Magerquark, Eier und Honig zugeben und alles durchkneten, bis ein glatter Teig entsteht.

4.Den Teig auf einer gut bemehlten Fläche nochmals gut durchkneten und zu einer großen Kugel formen und gut 15-20 Minuten ruhen lassen.

Den Teig auf einer mit Hartweizengrieß bestreuten Fläche ausrollen und in lustige Formen geben.

Den fertigen Teig in die Häschen, Katzen, Bärchen oder Knochenform füllen.

Die Kekse dann aufs Backpapier/Blech legen und im vorgeheizten Backofen bei 180° Grad 20-25 Minuten backen und darauf achten, dass sie nicht zu dunkel werden. Die Kekse dann gut auskühlen lassen und servieren.

Ein kleiner Tipp: Die Kekse in einer offenen Dose aufbewahren denn so bleiben sie länger frisch.

Ein gesunder Knabberspaß für Hund und Halter.

Originalgetreue Tierportraits

nach Fotovorlagen von der Tiermalerin Monika Buchholz in Öl auf Leinwand, Aquarell, in Miniatur auf Achatscheiben und als Schmuck.

Bei Interesse wenden Sie sich bitte an:
Frau Buchholz, MONIKABUCHHOLZ@terra.es

www.tier-portrait.blogspot.com

Egal wie groß oder klein
die Pfoten waren,
die mich in meinem Leben
begleitet haben,
alle diese Pfoten hinterlassen
große Spuren in meinem Herzen
und das für immer und ewig.

Liebe Rubyfans,

wer mir gerne zu Rubys vier Büchern ein Feedback geben möchte oder Fragen an mich hat, der kann sich sehr gerne per Mail unter:

Kirsten-Tierfreund@t-Online.de an mich wenden und ich werde Ihre Fragen sehr gerne beantworten und freue mich von Ihnen zu hören.

Noch eine kleine Anmerkung zum Urvater unserer Hunde, dem Wolf! Wir sollten den Wölfen einen Platz in unseren Wäldern schenken, denn wir haben viele Wälder und sollten froh darüber sein, dass sich die Wölfe wieder bei uns ansiedeln. Es ist ein tolles Geschenk, dass sie zu uns zurückkehren, und wir Menschen müssen sie beschützen und dürfen sie nicht töten!

Buchvorstellungen:

Niedliche Hundegeschichten für große und kleine Hundefreunde, ein Lesespaß für die ganze Familie.

Humorvoll, selbstironisch und zum Schmunzeln komisch.

1 Teil: **Mein kleiner Rackerdoll** -
Eine Liebe auf 4 Pfoten.

2.Teil: **Rubys Welt** - Ein Hund zum Verlieben.

3.Teil: **Vier Jahreszeiten mit Ruby -** Sommer, Sonne, Strand und Mee(h)r.

4. Teil: **Ein Hund fürs Glück.**

Alle vier Bücher sind bei BoD, Amazon und im Buchhandel erhältlich.